SALSIPUEDES

Cuentos de Ramón Betancourt

D1736881

Arte Público Press
Houston, Texas

Esta edición ha sido subvencionada por la Ciudad de Houston por medio del Consejo Cultural de Arte de Houston, Condado de Harris y la Comisión para las Artes de Texas.

Recuperando el pasado, creando el futuro

Arte Público Press
University of Houston
452 Cullen Performance Hall
Houston, Texas 77204-2004

Diseño de la cubierta por Giovanni Mora

Betancourt, Ramón.
　　Salsipuedes / por Ramón Betancourt.
　　　　p.　cm.
　　ISBN 1-55885-381-2 (pbk. : alk. paper)
　　I. Title.
PQ7298.412.E68S25 2003
863'.7—dc21　　　　　　　　　　　　　　　2003044426
　　　　　　　　　　　　　　　　　　　　　　　CIP

♾ El papel utilizado en esta publicación cumple con los requisitos del American National Standard for Information Sciences—Permanence of Paper for Printed Library Materials, ANSI Z39.48-1984.

3 4 5 6 7 8 9 0 1 2　　　　　10 9 8 7 6 5 4 3 2 1

Índice

La ranera

AL PRINCIPIO, CUANDO APENAS sucedía por primera vez, Víctor y Cristina lo tomaron a broma, llamando a su hijo el pequeño biólogo.

—¡Miren! —les gritaba el niño con el puño pequeño y sucio avanzando hacia ellos. El puño se abría y una ranita aparecía, una manchita verde oscura en medio de la palma de la mano.

—¿Cuántas son las que llevas? —le preguntaba Víctor, a medida que el número crecía—. ¿Seis, once, diecisiete, veintiséis?

—¡Veintiséis! —los padres rieron al mismo tiempo admirados por el número.

Veintiséis. Trece en cada caja de cartón de las desechadas por la fábrica de baterías a unas cuadras de la casa. Sergio mantenía las cajas en el piso de su cuarto, cerca de la cama, con las ranas brincando contra la tapadera como si fueran palomitas.

—¿Y dónde es que se encuentra tantas? —preguntó Cristina.

—Tal vez algún día sea un biólogo famoso —dijo Víctor, ignorando la pregunta—. El Einstein de los anfibios.

—O el mejor fumigador matarranas —dijo Cristina.

Una noche, mientras que sus padres leían revistas y el periódico, Sergio se tiró sobre el tapete de la sala con el libro que había sacado. Era uno de los pocos libros en español de la biblioteca de la escuela: *El mundo de los reptiles, anfibios e insectos,* les leyó en voz alta:

—Las ranas respiran sobre todo por la piel; tienen una superficie muy húmeda, con muchos capilares, que está en contacto continuo con el medio ambiente.

—¿De veras? —preguntó Víctor.

—Sí —contestó Sergio—, también dice aquí que en muchas partes del mundo la gente se come a las ranas. Una rana contiene

1

tanta proteína como doscientos gramos de carne de res.

—Parece increíble —dijo Cristina—, tan feas que son.

—En algunas regiones de China —continuó Sergio— las peleas entre ranas son muy populares. Para fortalecerlas, los dueños las alimentan con mosquitos engordados con sangre chupada de sus propios brazos. Para hacerlas enojar les rascan entre las patas con brochas hechas de pelos duros de rata. A las ranas que ganan se les cuida para que produzcan descendientes fuertes; las perdedoras mueren ahogadas en su propia sangre y las arrojan a los gatos.

Después de un rato Sergio volvió a leerles:

—Por todo el mundo, un gran número de ranas está sufriendo deformaciones en un lapso muy corto de tiempo. Las ranas son un indicador evolutivo del eco-sistema, y ahora señalan una declinación general del medio ambiente . . . Puede ser el inicio del espasmo biológico que todos esperaban . . . Se sospecha que por alguna razón se están produciendo cantidades excesivas de retinoides . . . Esto es importante también para los humanos pues sus extremidades se desarrollan usando los mismos mecanismos . . . Se sabe que los retinoides pueden causar severas alteraciones en embriones humanos, razón por la cual se aconseja a mujeres embarazadas no usar cremas faciales pues . . .

—Vamos, Sergio, a la cama, ya es hora de dormir —dijo Cristina.

—Mamá —preguntó Sergio antes de irse—, ¿podemos ir por más cajas de cartón, sí? ¿Qué son embriones humanos, eh?

Viendo lo motivado que estaba Sergio en aprender, Cristina le compró más libros. Pronto empezó a meter en su conversación palabras como batracio, anuro, ofidio y estiloides. También Víctor se interesó y fue con Sergio a la ferretería donde compraron tela de alambre y madera de diversos tamaños y formas para construir una especie de caja semejando más bien a una pecera. Era una ranera grande, rectangular. Dentro de ella las ranas se movían con facilidad, comiendo los insectos que Sergio les atrapaba, jugueteando entre las piedritas del fondo y los platos soperos, donde también nadaban los renacuajos que Sergio había recogido de los charcos cercanos. Al principio envenenó a la mayoría de los renacuajos al mezclar diversos cosméticos de su madre en el agua, pero luego descubrió las dosis adecuadas y la ranera pronto rebosaba con más de cuarenta ranas. Todas las tardes después de la escuela, Sergio regresaba a casa enseguida ávido de colocarse frente a la ranera, de admirar el narcótico sosiego de los anfibios. Quería meterse, él también, en la jaula repleta de ranas. Los renacuajos que duraban más tiempo en metamorfosearse llegaban a ser sus ranas preferidas, pues casi siempre terminaban con más de dos patas, eran más robustas y ágiles, y tenían una línea negra en las extremidades. Cuando Sergio le quitaba la tapa, estas ranas eran capaces de brincar fuera de la ranera, pegándosele a la camisa, al pelo, a la cara. Sergio entonces recorría el dedo por el párpado abultado que les brotaba en medio de la frente, y les daba golpecitos en las espaldas blandas, húmedas y pegajosas. Les acariciaba las patas dobladas en ángulos de 45 grados, a veces tenían tantas que hasta parecían arañas. Algunas de las ranas normales se escondían debajo de los bordes de los platos como si quisieran huir de sus dedos, como queriendo respirar.

Esa noche las ranas empezaron a croar. En la oscuridad, mientras que Sergio dormía, decenas de pechos empezaron a expandirse y a resonar en la caja de alambre. Al principio, sólo se oían algunos solfeos de tanteo, la afinación necesaria e irregular de trompetas y tambores. Después empezó el chirrido confiado y disonante. Al otro lado del pasillo, Víctor y Cristina escuchaban, todavía despiertos a media noche.

—Parecen tener voces individuales —dijo Víctor—, diferentes en tono y timbre. Puedo detectar algunos tenores y sopranos.

Cristina le respondió con un gruñido y se dio la vuelta.

A la una de la mañana Víctor dijo:

—Si cuentas los gorjeos oídos en diez segundos, multiplicados luego por 6, más 29, el resultado será igual a la temperatura.

Víctor se dio la vuelta hacia su esposa, quien estaba de espaldas mirando el techo.

—Aquí hay una temperatura de 78 grados Fahrenheit.

Cristina se rió. Víctor metió la mano en sus pantaletas, sintió la suavidad de la seda en el reverso de la mano, y la cálida humedad

como si fuera una lengua entre sus dedos. Insomnio amoroso, le
decían a eso. Hicieron el amor. A las tres de la mañana Víctor se sentó en la cama.

—¡Esas malditas ranas me están volviendo loco! —Y sacudió
con fuerza a Cristina—. ¿Me escuchaste?

—¿Y qué supones que debo hacer?

La ranera empezó a provocar en Sergio una atracción especial.
Desde que la sintió, Sergio casi no salía de la casa a jugar ni miraba
el televisor. Sobre todo después que empezó a rascarles las espaldas
a las ranas con el cepillo de dientes y descubrió cómo se asfixiaban
entre sí. Era un combate a muerte, rápido, sin piedad ni márgenes de
error. Al principio, parecía ser sólo un accidente o tal vez un juego.
Pero la agitación aterrorizada de la que fuera perdiendo demostraba
que se trataba de un duelo auténtico. Las ranas beligerantes se
asaltaban desde cualquier parte, sin descansar, brincando una sobre
la otra. La atacada sólo conseguía salvarse si se movía a tiempo o
imprimiéndole más altura a su salto. Cuando por fin una, generalmente la rana que tuviera mayor número de patas, lograba enterrar
las pequeñas uñas en el cuerpo de la víctima, la sangre brotaba y
empezaba la agonía. El final no se prolongaba por mucho tiempo
pues era entonces cuando las demás ranas, que hasta ese momento
se habían mantenido neutrales, se sumaban a la persecución, tratando, a su vez, de caer sobre la víctima, de hacerla sangrar más. La
rana herida, sintiendo que la estrangulaban, aún intentaba defenderse metiéndose en el agua, tal vez recordando viejas formas de respiración. Pero en ese momento hasta los renacuajos participaban en
la asfixia mordiendo a la herida, tratando de arrancarle un pedazo.
Esta lucha a veces se extendía cuando algunas ranas se cruzaban en
sus asaltos desde diferentes ángulos de la celda, o cuando la última
rana en caer sobre la víctima era también herida por la que venía
detrás. Al final de la convulsión muy pocas de las ranas normales
terminaban con vida.

Varias noches después, Víctor y Cristina tuvieron una gran cena
y tomaron varios vasos de vino. Apagaron las luces, se quitaron la

ropa y se fueron a la cama. Pensaron que podrían hacer el amor, pero el estruendo firme y constante de las ranas los alteró, y en vez tuvieron un pleito. Nunca antes les había pasado algo así: Víctor dijo algunas cosas hirientes, y Cristina lo sacó de la cama casi a patadas. Él se fue a la cocina y como pudo, en la oscuridad, agarró una silla y se sentó. Quería poner los brazos en la mesa, recostar la cabeza en ellos, pero sintió los platos sucios en el camino y, de entre ellos, escuchó venir el croar de una rana. Esto lo encendió tanto que arrojó al suelo todo lo que estaba en la mesa. El ruido fue tremendo pero después la cocina quedó en silencio y pronto se quedó dormido.

Al día siguiente, por la tarde, todas las ranas se encontraban muertas. Sergio así las encontró cuando salió de la escuela, los cuerpos endurecidos en el fondo de la ranera, con las piernas despegadas de los troncos y tan quebradizas como alambres viejos. Él lloró y Cristina lo abrazó con cariño, dejando que las lágrimas le mojaran el hombro.

—Mami, ¿las ranas cantan momentos antes de morir? —preguntó Sergio.

—Tal vez, m'ijo, como las cigarras, según dice la canción.

Ella había usado casi todo un bote de insecticida, barnizando cada una de las espaldas verdes con una película transparente y mortal. El olor químico y dulce todavía persistía en el cuarto.

Con la ayuda de su madre, Sergio les dio sepultura en el escusado. Al principio sólo una pata, luego un brazo, hasta que ella pensó "tanto bajarle a la palanca, aquí nos vamos a quedar toda la tarde".

Después, las ranas se fueron a manos llenas con el remolino del agua, flotando en la espiral de la superficie, girando y girando cada vez más rápido hasta desaparecer con cada trago borboteante, cuidando al mismo tiempo que la taza no se fuera a tapar.

En esa ocasión Víctor llegó tarde del trabajo y preguntó:

—¿Cómo lo tomó?

—¿Cómo crees que lo hizo?

—Ya se le pasará. Este fin de semana le conseguimos un pececillo rojo, algo inofensivo, que no ensucie ni haga ruido.

—Caray Víctor —dijo Cristina—, no necesitas ser tan cruel.

Esa noche, en la quietud perfecta de la vigilia, Víctor podía escuchar su propia sangre golpeándole la parte interior de sus oídos. Cristina tenía la espalda recargada en él, rígida, una coraza dura y encorvada como la de un cangrejo. Del otro lado del pasillo, Víctor también podía escuchar a Sergio dándose vueltas en la cama y pateando la pared con el pie desnudo. Tal vez con miedo de gorgojear en sus sueños, como lo hicieron las ranas.

Entonces, desde algún lugar, escondida, abajo del refrigerador o metida en algún clóset, una rana solitaria comenzó a croar con una voz incierta, insegura, sin tono ni timbre.

Víctor percibió que Sergio había detenido su agitación, y luego no distinguió otra cosa más que el silencio de quien está escuchando, viniendo del cuarto del niño. Abajo de la sábana, como mantequilla derritiéndose en el sartén, Víctor pudo sentir que el cuerpo de Cristina se relajaba. Sonrió. Lentamente, como un hombre que acepta el reto, se dio la vuelta. Con suavidad, Víctor deslizó un brazo sobre el cuerpo de Cristina y ahuecó la mano sobre su seno tibio. Y ahí la dejó.

La costumbre de llamar a medianoche

Uno

DURANTE LA MAYOR PARTE DE ESE año me quedaba despierto casi toda la noche, esperando a que llegara el momento, y ocasionalmente tratando de pegarle a una de las cucarachas que de pronto aparecían en la pared opuesta a la mesa. La intención era golpearla con una pelota y agacharme antes de que ésta rebotara. Nunca le di a ninguna, pero la pelota sí me golpeó varias veces. Sentía que el juego era justo porque imaginé que algún día, la pelota podría destripar a la cucaracha y después golpearme, dejándome con la camisa manchada. El juego terminó cuando los vecinos en los otros departamentos se quejaron del ruido (el edificio tenía la estructura de madera y las paredes eran del cartón de yeso más delgado). Algunas semanas después el número de cucarachas aumentó exponencialmente. Era claro que el departamento ya no era mío, sino nuestro. Le expuse el problema al dueño, quien se negó a contratar a un fumigador pues tendría que desinfectar todo el edificio. Dado que yo tenía todo el tiempo disponible, me ofrecí como voluntario para hacerlo si el dueño ponía los materiales y los demás vecinos estaban de acuerdo. Cuando todos aceptaron, fumigué los seis departamentos y en ellos coloqué trampas para atrapar a las cucarachas que se hubieran escapado de la gaseada. Era necesario cambiar las cucaracheras con cierta regularidad, y para esto usaba la llave maestra que el dueño me había facilitado.

Así conocí a Diego, quien acababa de alquilar el departamento exactamente arriba del mío. Después de ponernos de acuerdo en horarios al igual que con los otros inquilinos, me las arreglé para no tener que verlo. Una tarde, sumido en la lectura de un libro, escuché un teléfono llamar; el sonido llegaba tan claro que pude seguir cada arco del timbre, subiendo, bajando. Percibí las pisadas de Diego, junto con el rumor del refrigerador, el golpeteo de las cañerías, y un leve rasguño en la pared que podría ser un ratón o la última cucaracha. Diego levantó el teléfono que estaba a un lado de la ventana dando a la calle:

—Bene, *Dei gratia* . . . aquí nada más, qué más puedo hacer . . . pues sí, me salva enseñar Español . . . en la Universidad, después saco la maestría . . . por lo pronto no; acabo de salir y quisiera tomarme algún tiempo . . . mis padres, también les gustaría verme casado, a lo cual ya no me opongo . . . sí, algunas muy guapas . . .

Días después oí taconeos en el piso de arriba, uno de ellos desconocido, y la llave en la puerta de Diego. Una mujer y Diego hablaban interrumpiéndose continuamente. Traté de no ponerles atención y me sumergí aún más en la hendidura del sofá. Desde luego que no deseaba ser testigo de nada, ¿qué acaso no tenía suficiente con mis problemas? Pero no pude evitar escuchar la música, las risas exaltadas, después un poco de silencio, cortado por más conversación y risitas que entraban y salían. El ruido me puso nervioso y me fui a la recámara. Cuando ellos también se fueron a la cama me cubrí la cabeza con una almohada tratando de no oír. Fue entonces que comenzaron las vibraciones y la lámpara en el techo a oscilar. Después todo volvió a quedar en silencio.

En la mañana sentí que los golpes se iniciaban de nuevo, por lo que deduje que estaban en lo mismo. Más tarde Diego salió a la calle y de inmediato Frida le llamó por teléfono a una amiga. Así les puse, Diego y Frida, no recuerdo sus nombres verdaderos, me parece que el de ella nunca lo supe.

—Deja te cuento qué me pasó ayer, Doris, algo que sólo sucede en las telenovelas . . . fui a la cafetería a verme con Rosaura quien estaba platicando con uno de sus profesores, ella se fue y yo me quedé hablando con él hasta que tuve que irme también a una clase. Cuando regresé a la cafetería ahí estaba él, esperándome, platicamos

más, pero al momento de irme a mi última clase me dijo que me
volvía a esperar, y sí, allí estaba otra vez. Después de un rato le di
un aventón a su departamento . . . ¿Eh? . . . muy joven para ser profe
y no es mal parecido. *Anyway*, me invitó a que subiera, seguimos
hablando, tomamos unos *drinks* y pues tú sabes, cuando menos lo
piensas ya estamos tomados de la mano, oyendo música, jugueteando
un poco, hasta bailando . . . ¿Qué? . . . un poco güero, pero
escucha, ésta es la parte que está bien rara: nos dejamos llevar por
las *emotions* y después de besarme varias veces, por aquí, por allá
. . . pues sí, ya casi en la sala pero logramos llegar hasta el colchón
¡y resultó que era quintito! . . . ¡Así es! . . . parece que sabe lo que
hay que hacer . . . me lo dijo después y que le daba gusto que para
mí también . . . ¡Ay, mensa!, ya sé, pero el tarugo no, como vio sangre
y me dolió . . . no es cierto, no es tarugo, lo dijo de buena fe. La
otra cosa rara que tiene es que acaba de salir del seminario, iba a ser
cura ¿tú crees? . . . con decirte que sabe exactamente cuántas veces
se ha masturbado en su vida, yo creo que tú no sabes ni siquiera
cuántas en un día, ¡Ja! . . . aparte de que entró y salió de volada, no
dio chanza de nada, en menos de dos minutos . . . ¡Te lo juro! por lo
menos se sintió como en segundos, pero no más de dos minutos . . .
luego me dio su medallita de la congregación Mariana . . . pues no
sé qué signifique pero ¿qué dulce, no crees? ay sí, como en la *high
school,* cuando te dan algún anillo que hicieron en el taller o su
chamarra . . . Espérate, también me revisó todita, como examen
médico, y al final se me quedó viendo a los pechos, se puso uno en
cada mano y me dijo que tengo uno más grande que el otro, ¡¿tú
crees?! . . . yo tampoco, a ver, fíjate y luego me dices . . . sí, me dio
algo de pena . . . *Anyway*, supongo que tendré novio, pero es un
secreto, no le digas a nadie, sobre todo en la escuela . . .

Secreto y todo esa mañana le llamó a cada una de sus amigas en
orden de importancia pues la historia se hacía cada vez más corta,
aunque no olvidó mencionar lo referente a la virginidad de Diego y
que él había estado en un seminario. Los vi juntos un par de veces y
hablé con él una vez más. Con Frida nunca hablé, pero llegué a
reconocer los frenos de su carro. Llegué a saber cuándo estaban en

casa y a estimar, a partir de la precisa calidad auditiva de su vida amorosa, qué tan bien se la llevaban día con día. Yo prefería que lo hicieran en el sofá. Entonces sólo percibía algunos gemidos amortiguados, tal vez un golpe sordo y apagado al momento que caían acoplados (me imagino) al suelo: la sala estaba alfombrada. Pero no me gustaba que lo hicieran en el resto del departamento. Lo peor era cuando Frida llegaba a las dos o tres de la mañana. La oía acercarse desde la calle caminando en zapatos de tacón alto, luego en el pasillo arriba del mío, y parece que con todo y zapatos se tiraban a la cama. Usaba tacón alto para cenar, ver las noticias, contestar el teléfono. Es probable que se los quitaba para dormir pero cuando se levantaba al baño a medianoche se metía otra vez en sus zapatos de tacón alto para caminar los tres metros de distancia entre la cama y la taza (y yo acá abajo intentando dormir, sintiendo el repiqueteo por todo el piso, techo y paredes del cuarto). También se les podía oír a los dos emparejados a cualquier hora del día, como si no hubiera duda que el universo era de ellos. Si el ruido se me hacía demasiado y deseaba callarlos lo que hacía era agarrar la pelota cucarichida y tirarla contra la pared un par de veces para que se dieran cuenta de que no estaban solos. Entonces Diego y Frida se quedaban quietos y desaparecían. "Desaparecer" no era desde luego literal: lo que hacían era detenerse como estatuas pues creían, al igual que las cucarachas, que el gesto los volvía invisibles, o en este caso inaudibles. Si estaban en la sala se iban con mucho cuidado a la recámara, donde los podía escuchar todavía mejor. Yo me llevaba la pelota, la usaba en momentos apropiados, y ellos iniciaban otra secuencia de desapariciones.

Un domingo en la tarde Diego salió del departamento después de haber estado encerrado con Frida desde el jueves anterior. Ella volvió a recorrer todo el directorio telefónico.

—¿Lista para las últimas noticias? . . . todavía lo hace demasiado rápido y no sé cómo decirle . . . así son los hombres: todos tienen sentido del humor y son los mejores del mundo para coger. Tal vez piensa que como la Virgen María ni siquiera sintió por dónde le llegaron, pues yo tampoco y no, digo, no hay que ser . . . ¿Eh? . . . tendría otro aborto . . . ya sé que al papa no le gusta, pero a ninguno de los dos les toca decidir, creo que hasta usar condón es pecado, par de locos . . . Reconozco la fase por la que está pasando, yo también la tuve en *junior high* . . . quiere experimentar porque todo es novedoso, pero sólo para él . . :

Otra noche, antes de dormir, oí voces que no pude entender hasta que Diego se acercó a la ventana:

—¿Estará permitido hacer esto?

—Sí —contestó Frida—, yo creo que sí, está en los manuales.

—Claro que no lo es, seguro que va contra la ley.

Diego hablaba de la ley como si esperaba que alguien o alguna fuerza estuviera vigilante todo el tiempo, Dios por ejemplo (o una cucaracha, o yo ¿no seríamos lo mismo?)

—Esto de amarrarte las muñecas a los tobillos es suficiente para ir a la cárcel.

—Si me dejo no es contra la ley, por lo menos no te voy a delatar. Ven, vamos haciéndolo otra vez. Primero ponte esto . . . ¿Por qué no? Yo soy la que se está dejando por lo que a mí me toca decidir, así está dicho en el libro. Te gustó, ¿qué no?

—Bueno . . . , pero más despacio y no tan violento.

Después la cabecera empezó a golpear a dos ritmos, como latidos de un corazón, para luego regresar al compás único de siempre, el del carpintero martilleando clavos en el madero, día y noche, sin descanso. Yo prendí la cobija eléctrica y me imaginé a mí mismo atado al yugo de Frida, calientito bajo su peso.

A la mañana siguiente, muy temprano, Diego fue a la cocina, comió en cinco minutos y salió a la calle. Frida corrió rumbo al teléfono. El piso rechinaba con diversos crujidos en diferentes partes del departamento. Abajo del teléfono siempre sonaba un gran gruñido cuando ella lo levantaba. Se llevó el teléfono a la cocina, así que podía escuchar cada una de sus palabras:

—No vas a creer lo que le pasa . . . ¡No, peor! Le dije, entonces

lo leímos juntos . . . es difícil esconder el hecho de que yo sé más
que él . . . que llevé una clase o que lo leí en alguna parte; sobre todo
tengo el cuidado de nunca decir: 'cuando eso me sucedió a mí' o
'tuve un novio que me hacía esto o aquello . . . ¿Qué? . . . no ¡lo
opuesto completamente! ahora no puede terminar . . . cuando me
saco el diafragma y veo que no pudo . . . la verdad que no, porque es
lo único que le preocupa, y, bueno, entre más lo intenta . . . exactamente . . .

Francamente no estaba muy claro qué tan sincera era ella en su
entrega porque esos aulliditos que pegaba se oían demasiado parejos, con el mismo tono y frecuencia una y otra vez, como enlatados
o aprendidos en algún taller de teatro. Diego, sin embargo, iba mejorando en su desempeño, en mi humilde opinión, con un mínimo de
treinta minutos. No debería haberles tomado el tiempo pero ¿qué
más se puede hacer a las dos de la mañana, cuando hace demasiado
frío como para salir de la cama a buscar la pelota que quedó en la
sala? No hay otra cosa más que mirar los cambios en las lucecitas
verdes del reloj digital.

Dos

Una noche, entre sueños, oí que prendieron la radio tratando de
ocultarse. Eran dos los carpinteros que no le daban al clavo al mismo
tiempo; uno acababa y el otro seguía con el golpeteo. Cuando los dos
terminaron sólo quedó la música, luego la apagaron y entonces hubo
silencio. Me volví a dormir hasta que Frida empezó a hablar. Lo hizo
de prisa, con una voz cada vez más chillona y aguda. No entendí lo
que dijo. Tenía mucho de qué hablar, o tal vez se le olvidaba donde
iba y empezaba de nuevo. Entonces gritó, "¡Te odio!", y algo pegó
en el suelo y me despertó por completo. Su voz empezó de nuevo,
atropelladamente. Diego también estaba hablando pero su tono tenía
un falsete extraño, como de caricatura. Lo único que entendí fue el
grito "¡Largo de aquí!" Pero la puerta no se abrió ni crujió el piso de
la sala. Perdí el sentido del tiempo. Uno de los carpinteros empezó a
martillar, así que el otro se calló.

En la mañana los dos salieron del departamento. Minutos

después Frida regresó aullando, dando vueltas, no le dio golpes a nada ni tiró cosas pero lloró como ambulancia, con un terror absoluto. Se acercó al teléfono y cuando lo levantó la sirena se detuvo de inmediato, toda tranquila, sin ninguna queja. A lo mejor tan sólo estaba cantando:

—¿Sabes lo que hace últimamente? A mitad de la noche me pregunta si tengo otro o quiere que le asegure que no soy lesbiana . . . eso pensé, absurdo, ¿por qué teníamos que estar durmiendo juntos? . . . ni me molesté, ¿para qué darle dignidad a esa estupidez? . . . esa falta de confianza nos está arruinando . . . y él con sus tontas preguntas, las odio . . . lo detesto . . . es un desgraciado . . .

Ella se va y en la noche escucho los pasos de Diego en el pasillo. Es como si pudiera verlo a través de las paredes. Tomo un libro de la mesa al mismo tiempo que Diego abre la puerta. Camina hacia la cocina, se oye un golpe cuando abre la puerta del refrigerador y ésta pega contra la pared. Las pisadas se vuelven suaves al cruzar la alfombra de la sala. Activa la máquina contestadora y escuchamos su voz distintivamente aguda, brillosa:

—Cliiiiick, click.

—Hola, soy yo, ay, necesitamos hablar. Mira, Chapito, tienes razón. Pero estás equivocado. Bueno . . . , no sé qué decir. Chapis, te quiero. Luego hablamos, o mejor llámame, pero no grites, ¿sí? . . .

Ella dejó su número telefónico, tal vez por la tensión del momento porque lo extraño sería que él no lo supiera. Diego repite el mensaje una y otra vez, tanto que hasta yo me aprendo el número.

—. . . Chao . . . ay, te quiero pero las flores que mandaste ya estaban muy viejitas, se ven horribles. Bai . . . click.

Esa misma noche, después de varias idas a la cocina y al baño, Diego le llamó a un amigo:

—¿Te desperté? *mea culpa* . . . llamadas tan de noche son casi siempre malas noticias, pero tenía que hablar con alguien . . . pistiando . . . sí pues . . . cada vez que me hace enojar con sus caprichos, su terquedad, su orgullo, cada vez que me cuelga en el teléfono o sale corriendo de donde estemos, me dan ganas de atascarme en alguna cantina . . . también me dan ganas de cachetearla y a golpes hacerla entrar en razón . . . aunque todo lo que tengo que hacer es pensar en sus nalgas, en ese trasero tan delicioso, una maravilla artística, un monumento a la perfección . . . todo lo que hago es pensar en ese culo dador de vida y placer y de pronto todo se me olvida y vuelve a estar bien por *secula seculorum* . . . esto de entenderse con las mujeres es un trabajo difícil ¿no? . . .

En realidad no se puede decir que yo la estaba espiando, lo hice precisamente porque no deseaba encontrarme con ella. Necesitaba saber si Frida estaba en el departamento porque había que cambiar las trampas de las cucarachas y por eso fue que la llamé al número telefónico que aprendí de memoria. Ella contestó a mitad del primer timbrazo, ansiosa, respirando apurada:

—¿Bueno? ¿Quién es?

El que hubiera contestado debió bastarme para saber que no estaba con Diego, pero su voz sonaba tan diferente por teléfono:

—¿Bueno? ¿Hay alguien ahí?

No era más fuerte o rápida o menos intensa, solamente más parecida a una voz real.

Tres

El box-spring rechinaba, la cabecera pegaba contra la pared, Frida respiraba con fuerza. Su vocecita se escuchaba en cada respiro, como a punto de estornudar. Algo se rompía, la cama castañaba fuera de ritmo, y la voz de Frida se volvía más aguda y punzante. Ni un ruido de Diego, sólo sus golpes secos de carpintero, uno tras otro, sin detenerse, y el chillido de ella penetrante, perforador. La cama se convirtió en metralleta, Frida gritaba como si estuviera en la escena de un crimen. Yo me tapé los oídos con los dedos . . .

Más noche me despertó un clamor. Arriba, entre gritos de Diego, se escuchaba como si estuvieran moviendo los muebles. Algo de vidrio se estrelló contra el piso. La lámpara que colgaba del techo, visible contra el marco de la ventana, se mecía ligeramente. Algunas palabras de Frida alcanzaron a llegar, "¡Basta!", "¡No me toques!" Su voz se oía temblorosa, oscilante, como si fuera las patas de un insecto moribundo aplastado por las ráfagas de Diego. Prendí la luz y traté de alcanzar la pelota pero sólo me mordí la uña del pulgar. El estómago me dolía mientras que los tacones de Frida iban pique y pique por el pasillo.

Por varios días hubo silencio; en ocasiones creía oír pasos pero Diego también había desaparecido desde la noche del temblor (sólo su teléfono sonó varias veces sin que nadie lo atendiera). Una tarde tuve que entrar a su departamento. Al estar cerca de la contestadora noté que un foquito rojo brillaba intermitente, y un escalofrío me recorrió la espalda. Hay algunas cosas que se hacen y no se sabe por qué sino hasta después, pero hasta la fecha no sé qué me llevó a oír esos mensajes. Me asomé a la ventana para asegurarme que Diego no se acercaba y le eché llave a la puerta. Después presioné el botón en la grabadora que decía *Play* y le subí el volumen:

—Cliiiick, click, click.

—No deseo salir y verte en la calle. Tampoco quiero que vengas aquí. No sé cómo puedo llamarte. Lo tenía que hacer, supongo. Sí, deseaba saber si eras el monstruo que creo que eres. ¿Me podrías convencer de que no eres un ogro?, ¿por lo menos una vez? ¿Por eso me tratas así? Pero no lo puedes evitar. Lo traes en la sangre. ¿Serías capaz de probarme que estoy en un error? No, no puedes aunque quisieras porque ahora veo a través de todos tus trucos, así que no lo intente. ¿Entiendes? Te funcionaron antes, pero hoy es otra historia. . . . Click.

—Ya no voy a llamarte para probarme a mí misma que no te necesito. No sabrás que lo estoy haciendo porque voy a actuar como si no me importara si vives o no. Mordiéndome el labio que hasta casi me sangra te he llamado y no me contestas. Tampoco voy a dejar mensajes porque no quiero que sepas que pensé en ti. Ni idea tienes de las batallas internas por las que paso tratando de no llamarte. Pero de hoy en adelante, no lo dudes, ni siquiera por un segundo pensaré hacerlo. La siguiente vez que no escuches el teléfono timbrar seré yo ¿okey? Ahora a ti te toca tragar orgullo y buscarme. . . . Click.

Ya en mi departamento de pronto me di cuenta de algo y un temor me invadió. Subí corriendo al siguiente piso: sí, el foquito rojo de la grabadora había dejado de parpadear. ¡Al oírlos había borrado los mensajes! Con la máquina en las manos traté de recuperarlos, había escuchado a Diego hacerlo pero no supe cómo lograrlo. Me volvió a dar un escalofrío intenso, sentí que a la vez temblaba y sudaba. Dejé caer la grabadora súbitamente en la mesa. Era una bomba hecha de plástico. ¿Cómo le iba a hacer para dar explicaciones? ¿No sería mejor dejar el incidente por la paz? Esa tarde le regresé la llave maestra al dueño. Me senté en la mesa y me fijé por mucho tiempo en la persiana abierta pensando en Frida y sus mensajes. Me imaginé a Frida, tambaleándose en sus zapatos de tacón alto, ya no había más Frida, cualquiera que haya sido su nombre. Rara vez sucede que entiendo el por qué reacciono de cierta manera al momento de hacerlo, pero sentí que esos mensajes eran para mí y le volví a llamar:

—¿Bueno? Sé que estás ahí, ¿Bueno? Te puedo oír respirando . . .

¿Acaso se estaba riendo? La había escuchado reír, pero no así, con un timbre quebradizo, metálico, delgado, difícil de escuchar. Hizo que la oreja la sintiera engomada al teléfono, y que sería necesario arrancarlo con fuerza, dejándome sangrando.

—¿Jorge, eres tu? . . . Ya te llegó el mitote, ¿verdad? . . .

Cuatro

Hay ciertos actos que nunca se les debe permitir convertirse en hábitos. Uno de ellos es recrear el pasado. Éste siempre se encuentra creciendo tan de pronto como para que se le pueda rehacer o comprender entero. Sin embargo, existen algunos sucesos tercos en perseguirnos, manías que continúan subiendo a la superficie como si fueran una costra que trata de cubrir la herida pequeña pero persistente. En mi caso, Frida es una de esas costumbres. Al principio, en un impulso que encontraba difícil de resistir, le llamaba por teléfono cada otra semana. Colgaba tan pronto escuchaba su voz contestar con un "Bueno" agudo, o un "Bueno" grave, otras veces con un "¡Jellou!" exagerado y festivo. Quería estar seguro que Frida se encontraba bien y pensaba que, al igual como cuando la escuchaba en el piso de arriba, el tono de su voz me daría alguna indicación. No sé qué haya pasado entre ellos pero nunca le hablé a Diego de sus mensajes y por eso me sentía responsable. Este sentimiento de culpa, que primero fue en extremo y después en una forma más moderada, no ha tenido fin. Cuando alguien muere, por ejemplo, se producen sentimientos similares en los que lo lloran, y en esa turbación, un como dolor de culpable, no hay nadie a quién llamar. En su lugar muchos rezan, otros escriben algo o hablan en su imaginación con la persona perdida, luego lloran y de pronto todo termina. No es así con Frida. "Es él otra vez", espero se diga cada vez que le llamo, deseando que también para ella este contacto, este no hablar y no ver, sea esperado, sea tranquilizador. En realidad ella no sabe si soy el mismo o no. Ella no puede reconocerme, mientras espera en un largo silencio con el teléfono en la mano, aunque sea por mi respiro.

Mi guitarrón

¿Cómo iba a imaginarme que mi esposa no iba a tolerar que me quedara con el guitarrón? Al momento de comprarlo me pareció una excelente manera de que los hijos se entusiasmaran por la música mexicana, además sólo me había costado 40 dólares en una cantina del este de Los Ángeles. Sucedió en uno de los viajes que hice con el fin de cambiarle el motor a un tractor de la unión. Después de un día especialmente laborioso fui al "Cuatro Copas" a distraerme un poco, y acabé platicando largamente con mi vecino en la barra. Después de que los dos llevábamos varias cervezas, y ya más en confianza, él sacó el tremendo estuche que tenía encargado con el cantinero. Las cuerdas las tenía un poco gastadas y la tapa mostraba varias raspaduras y trancazos, aunque no demasiados. Queriendo darme una demostración de la calidad del guitarrón, mi vecino empezó a moverle las clavijas de manera errática, arrancándole unos tonos inspirados al estilo del "Son de La Negra". Para acabarla de amolar, se puso a cantar. Me aclaró que hasta hacía poco tiempo había tocado con un mariachi, en Olvera, pero que ese trabajo ya no le interesaba. La verdad era que la voz no le ayudaba, ni tampoco parecía tener la fuerza física necesaria para cargarlo ya que la debilidad corporal en él era aparente y acabó por entorpecerle el paso. En ese momento necesitaba 40 dólares para el pasaje de regreso a San Diego, luego a Tijuana, y yo se los di a cambio del guitarrón.

De joven fui bastante bueno con la guitarra. ¿Qué tan diferente podría ser el guitarrón? ¿No sería algo fabuloso si empezaba a tocar de nuevo?

Crecí en los *fields* de San Joaquín donde la mayoría de las casas en ese tiempo tenían alguna guitarra a la mano, varios televisores y figuras de porcelana grandes. También había gente pesada que deseaba mostrar cierta distinción, pero lo único que exhibía era pura cursilería. Nunca tuvimos buena recepción en el pueblo, por lo que los televisores eran tan inútiles como las guitarras, ya que éstas rara vez se podían afinar y no había nadie que supiera cómo hacerlo. Un tío sabía una tonadita y era todo, pues no tenía la paciencia necesaria para aprender algo nuevo. Pero dado que era uno de los líderes en la unión siempre andaba contento y optimista, sin que nada le preocupara. Su felicidad parecía contagiosa, y las guitarras formaban parte de esta alegría. La gente tocaba la guitarra con cualquier pretexto, o mejor dicho, me ponían a mí a tocarla. Al principio no muy bien pero cuando cumplí los ocho años y después de practicar por varias horas todos los días, recibí mi primera ovación. Fue en Fresno, donde la temperatura andaba por arriba de los 95 grados fahrenheit y el sudor me corría desde la frente hasta la guitarra, haciendo que las cuerdas se pusieran muy resbalosas. Al final no se podía distinguir lo que estaba tocando debido al ruido que hacía un enorme ventilador, pero de todas maneras todos se pararon a aplaudirme. Yo sospeché que lo hacían por ser buenas gentes, ya que había tocado más mediocre que de costumbre. A los once años ya asombraba a las audiencias en los *fields* y los ranchos tocando recitales de Agustín Lara. Tanto impresioné a los jefes de la unión que decían que era lo mejor que había salido de San Joaquín y que terminaría poniendo a la unión en el mapa. Siempre que ocupaban una demostración del talento local recurrían a mí, y hasta hubo artículos en un periódico de Fresno donde se leían mis logros.

Gracias a las influencias del tío, la unión me becó para estudiar música en Cal State. Ahí fue donde hice un desagradable descubrimiento: había otros guitarristas en el estado que eran más diestros que yo. Si yo ejecutaba, por ejemplo, un requinteo de Los Panchos, ellos se lanzaban con Manuel de Falla o con "Noches de Alhambra", siempre tocando mejor que yo. Esto significaba que tendría que ganarme la vida como músico en algún trío, o conjunto rocanrolero, y no como concertista que es lo que hubiera deseado.

Empecé a conocer a músicos en ese ambiente y noté que estas gentes se vestían como pordioseros, apestaban, fumaban constantemente y a menudo se metían en problemas con la ley. Cualquiera que fuera la locura que padecieran era obvio que no representaban a ninguna Unión o comunidad del estado.

Desde que dejé de tocar me había dedicado, gracias de nuevo al dichoso tío, al mantenimiento mecánico de los tractores de la unión, hasta que compré el guitarrón. Ya había olvidado cuánto tiempo se lleva tener la punta de los dedos lista otra vez. Había olvidado también lo pequeña que es nuestra casa, con una esposa, suegros y dos niños pequeños, y todos tan llorones. En cada lugar que tratara de practicar se convertía en el sitio menos apropiado. La cosa se puso tan delicada, particularmente con la suegra, que tuve que meterme al clóset con la puerta cerrada y una cobija metida por el agujero del guitarrón para amortiguar el ruido. Pero ni eso fue suficiente para mis nuevos familiares. ¿Cuán tonto y desconsiderado podría ser yo, sin mencionar los crímenes que estaba cometiendo contra la música? El tío feliz hacía mucho tiempo que había muerto, y con él, la alegría simulada.

Fueron tantos los problemas causados por mi "ocurrencia" que en el siguiente viaje a Los Ángeles decidí llevar el guitarrón a la misma cantina donde lo compré. Ahí me estuve la primera noche hasta que un sujeto se acercó a preguntarme qué diablos guardaba en un estuche tan grande. Resultó que él había tocado la mandolina en la secundaria. Sería por algún complejo de inferioridad, pero desde entonces había deseado tocar el guitarrón. A los pocos minutos pude ver en sus ojos que lo había atrapado: no podían contener el deseo de rasguear las cuerdas. Los 40 dólares que le pedí fue la parte más fácil (debí haberle pedido más).

Varias noches después fui de nuevo al bar y lo volví a ver, esta vez sentado en la mesa de la esquina hablándole a otro, con el guitarrón entre los dos. Salí de allí antes de que me reconociera y ya nunca he vuelto a ese lugar.

Había algo en ese guitarrón inmenso y lustroso que sigue obsesionándome, algo secreto y grande como su tamaño. Me fascinaban las vibraciones tan poderosas que sentía en el pecho, sobre todo cuando tocaba la tonadita del tío en la oscuridad del clóset. Imaginaba que nuevamente la audiencia en Fresno me ovacionaba poniéndose de pie. Aún hoy me sigo preguntando acerca de esos 40 dólares en la cantina. No me sorprendería en lo más mínimo saber que el guitarrón sigue rondando por ahí, semana tras semana. Después de todo, todavía quedamos muchos que tocamos en las bandas de las escuelas, en los coros de la iglesia, o fuimos los genios y las esperanzas del pueblo.

Entre caliente y viejas

LA VIO VEINTE AÑOS DESPUÉS, cuando regresó a Tijuana por primera vez desde que salió del país. Fue en un restaurante del centro de la ciudad. Él entraba al local cuando Remedios iba saliendo del baño de las mujeres. Al verla salir se preguntó si se lo habría limpiado. Desde luego que eso no fue lo único que pensó. Había también sorpresa y algo de dolor en el amor propio cuando Remedios no pareció reconocerlo. Él guardaba la esperanza de que 20 años trabajando en los campos de Viejas, California, no lo hubieran arruinado tanto. Ella, por su parte, apenas si había cambiado un poco; la siguió con la mirada mientras se sentaba con otras amigas. En ese momento se dio cuenta de lo intensa que había sido su relación para aún poderla recordar después de tantos años.

En aquel tiempo él acababa de salir del seminario, en un lapso de duda vocacional, y mientras decidía si seguir o no el llamado sacerdotal, se empleaba como conserje en la iglesia de Guadalupe.

—Aquí —le dijo el padre Moreno al ofrecerle el trabajo—, puedes quedarte a vivir, a la vez que te arrepientes de tus pecados, de tu orgullo y al mismo tiempo decides tu vocación.

Él no tenía pecados que valieran el nombre y muy poco de orgullo, a menos que se contara a Remedios, una muchacha de apariencia agradable e impecable sentido común, la muchacha perfecta con quien vivir una vida normal y la mayor razón, hasta ese momento, para no volver al seminario. Ella vivía sola en su departamento, en el área que los tijuanenses llamaban despectivamente Cartolandia, y pasaba en él la mayor parte del tiempo que no le quitaba su empleo en una tienda de regalos cerca de la iglesia. El departamento de un sólo cuarto con cocina compartía el baño del patio con otros vecinos.

—Mi papá —le dijo Remedios en una ocasión—, me nombró en

honor a una gran pintora, y fue su esperanza que yo fuera artista algún día.

Él tenía la llave del departamento, y todas las mañanas antes del trabajo, abría la puerta con cuidado, dirigiéndose luego a la cocina donde preparaba el desayuno para los dos. Antes de llegar pasaba por un mercado donde compraba tortillas, birotes, leche, y huevos. A los dos les quedaba muy bien este arreglo. A él le agradaba encontrarla dormida pues siempre era un placer mirar, desde casi todos los ángulos del pequeño departamento, el cuerpo desnudo de Remedios extendido sobre la cama. Las cobijas siempre estaban extrañamente rechazadas sin importar el frío de enero, y ella cambiaba de una postura a otra, ofreciendo así su cuerpo a la contemplación con un abandono total, como si el único motivo de su existencia fuese que él lo admirara. A veces la cara de Remedios permanecía oculta en la almohada y su pelo, negro y lacio, remataba la línea de la espalda que se iba reduciendo hacia abajo hasta unirse en la amplia curva de las caderas y el sólido trazo de las nalgas. Más abajo estaban sus torneadas piernas, separadas en un ángulo caprichoso, pero estrechamente enlazadas en la zona oscura del sexo. Para él su cuerpo tenía algo de remoto y único, casi como un objeto sagrado que lo forzaba a olvidarse de sí mismo y entregarse a la veneración. Tampoco podía dejar de sentir la energía que de ella irradiaba, algo caliente, mientras iba de un lado a otro en el departamento preparando el desayuno. A ella le gustaba que la despertara con una taza de café, fingía sorpresa y enojo de que él la viera desnuda, pero gozaba con la exposición de su cuerpo. Los dos se entendían bien, incluso podría decirse que se querían, aunque no fuera en un plano más íntimo y limitado únicamente a la contemplación de su cuerpo que a los dos parecía bastarles. Nunca se lo dijeron, pero los dos pensaban que probablemente ya se habrían casado si tan sólo él hubiera resuelto sus dudas vocacionales y adquirido el dinero suficiente como para ganarse el lado práctico de Remedios.

Después de terminado el trabajo, él pasaba un tiempo considerable sentado en el campanario de la iglesia desde donde podía ver el departamento de Remedios, el seminario y la línea fronteriza. Se subía al campanario a meditar y pedir fervorosamente, con los ojos cerrados y las manos unidas con fuerza, una orientación en su vida. Rezaba un Padre Nuestro, pero siempre que llegaba a la parte de "perdona nuestras deudas" invariablemente abría un ojo y miraba hacia el departamento de Remedios, luego hacia el seminario.

Una noche, Tijuana sufrió una de las peores tormentas de que se tuviera memoria. Esto fue antes de que se terminara la canalización del Río Tijuana, el cual pasaba cerca de donde Remedios vivía. La lluvia y el viento se aliaron esa noche para causar tal destrucción en Cartolandia que motivó al gobierno a acelerar la construcción de ese canal. Lo más fuerte de la tormenta duró hasta las cuatro de la mañana. A las seis y media, como de costumbre, él fue al mercado a comprar todo lo necesario para preparar el desayuno. Entró al departamento sin despertarla. Percibió de inmediato un olor diferente, proveniente de algo que no estaba a la vista, como si no viniera de un sitio específico sino que ocupara todo el espacio del departamento. Avanzó por la salita a la que se abría la puerta de entrada y a través de la otra puerta, la que comunicaba con la habitación, pudo ver el cuerpo de Remedios en la posición de todos los días, durmiendo, con la cara escondida en la almohada. Las cobijas arrinconadas al pie de la cama hacían más completa su desnudez. Al entrar a la habitación vio que Remedios estiraba una de las piernas para pegarla a la otra y rodeaba con un brazo la almohada sin levantar la cabeza. En su cuerpo no había ningún signo de preocupación. Estaba allí simplemente, sobre la cama, bella y libre, como una muñeca indiferente que no guardara ningún temor, por lo que él cerró la puerta con mucho cuidado y se dirigió a la cocina. Tomó un cuchillo del cajón y le puso mantequilla a los birotes que había comprado. Se dirigió al fregadero para lavar el cuchillo, y en ese momento la fascinación que sentía llegó al término de sus días.

Posada soberanamente en medio del fregadero estaba la cuacha más grande que hubiera visto de cerca. No despedía un olor que se pudiera calificar como muy repugnante, pero era lo suficiente para producirle una sobrecarga en todos los sentidos, dejándolo confundido y atontado. Se quedó por un momento muy quieto, viendo e imaginándosela sentada en cuclillas sobre el fregadero, dando a luz a eso que tenía enfrente. "Su padre tenía razón", pensó, "eso podría considerarse la obra de una artista" pero inmediatamente se corrigió. "¡Es una monstruosidad!" se dijo en voz baja, aventándole el cuchillo que allí quedó ensartado.

Sabiendo que lo que hacía era absurdo, salió en silencio del departamento, sin despertarla. Cerró la puerta con cuidado, metió la llave por debajo de la puerta y se fue al trabajo.

Lo único que podía figurarse en ese momento fue que la tormenta la había hecho reconsiderar el camino hacia el baño. Suponía también que ella había planeado remover su creación antes de que él llegara y que simplemente se había quedado dormida un poco más de lo previsto. Pero no podía dejar de pensar en lo que vio. Ella, quizás recordando alguna versión del dicho "si me ama ni los pedos me huelen", ¿habrá supuesto que a él no le iba a importar?

Al llegar a la iglesia subió al campanario a rezar con una vaga sensación de esperanza, pero en su mente reaparecía una y otra vez, distante en unas ocasiones, inmediata y perfectamente dibujada en otras, cerca y lejos al mismo tiempo, la invariable imagen del fregadero. Entonces fue que por primera vez vio qué camino seguir en su vida. Hacia el oeste vio a Remedios y su obra; al sur se encontraba una ciudad que él no comprendía, al este el seminario y al norte estaba la línea fronteriza. La evitó durante todo ese día y a mitad de la noche brincó el cerco fronterizo rumbo a los campos de Viejas, de donde finalmente le escribió una carta diciendo que obligaciones económicas imprevistas lo habían forzado a buscar un empleo mejor pagado. La verdad sonaba demasiado estúpida como para poderla admitir, inclusive veinte años después.

Centro Cultural Tijuana

LAS TRES AMIGAS HABÍAN LLEGADO del puerto de Ensenada en plan de vacaciones y se encontraban en ese momento en una de las rampas del museo del Centro Cultural Tijuana. De las tres jóvenes, una cuestionaba su sexualidad, la otra vivía una relación amorosa destructiva, y la tercera estaba impedida de la vista desde su nacimiento. Norma no usaba perro para ayudarse a caminar y de cualquier manera había desarrollado un buen sentido de orientación, sobre todo en los salones de baile. Las dos amigas intentaban describirle lo que veían en la exposición de piezas arqueológicas del museo.

Para Claudia, quien en ese momento guiaba a Norma del brazo, el placer sexual era lo que más feliz la hacía en la vida, aunque también la hacía sentirse miserable. No es que la atormentara un deseo desmesurado, pero trataba de no dejarse llevar por pasiones que consideraba pecaminosas. Tampoco podía decirle a sus amigas que lo que más ansiaba era tener una compañera tierna y estable a quien amar, ni de lo difícil que era en una sociedad como la de Ensenada que sus preferencias fueran aceptadas. Claudia trató de reseñar la gran pieza que estaba al centro de una exposición sobre la cultura azteca:

—Es una escultura horrenda que también representa a la muerte.

—¡Uy, el chamuco! —dijo Norma sonriendo.

"Pobre", pensó Marta, parada a un lado de Norma, "se hace que entiende y hasta sonríe". Marta tenía intenciones de proseguir con su pasión hasta el final. El hombre, objeto de su deseo, era rico, casado, arrogante, desleal (incluyéndola a ella) y con unos ojos verdes que, cada vez que la miraban, parecían desnudarla. Tenía también una cierta manera de tocarla, aprendida tal vez en su profesión (él era ginecólogo). Para las pacientes eso era tranquilizador, pero a Marta las caricias de sus dedos le daban una sensación de calor y fuerza.

Habían salido a la explanada principal y a Marta le tocó su turno en dar detalles:

—Hay un conjunto de altos muros de concreto rodeando la plaza y un área con jardines donde esta tarde danzarán los indios voladores de Papantla.

Al oír esto Norma canturreó:

—¡Taratata ta ta tan rra ta tán!

Norma intercaló en su mente la admiración por lo descrito con el recuerdo de la noche anterior. Habían ido al bar del hotel donde se hospedaban; en cuanto se sentaron Norma fue invitada a bailar y guiada en la oscuridad hacia la pista, como a las demás mujeres, de la mano de un caballero atento. Ya su muy católica abuelita le había asegurado que bailar era como hacer el amor al son de la música, y también le había recomendado dejar que el cuerpo respondiera con su lenguaje. Norma era una magnífica pareja y gozaba de ese lenguaje, sobre todo de los meneos del danzón donde más se aprecia el toque ligero de las manos, el roce sutil del algodón con la seda y el aliento tibio en el cuello. Girando los dos se tientan y se retiran, buscándose otra vez para encontrarse en medio. Se movían al ritmo de la música diciéndose que sí, que no, sí, no, que sí, que no, sí, no, bailando en un lugar fuera del tiempo. La fuerza del hombre emparejada con la complacencia de Norma. Él se mueve hacia ella y Norma se aleja, él la sigue, y con la más mínima de las presiones, ella lo motiva y siente la sangre correr por el cuerpo. Se dicen poco, él presionando la boca en la piel, ella sintiendo las vibraciones de algunas palabras, él afilando los labios al pronunciarlas. Un pecho se junta al otro, pierna con pierna, combinando los movimientos abajo de la cintura, el unirse es cada vez más y más incesante, más íntimo. Nadie los toma en cuenta aunque lo hacen a la vista de todos. Uno-dostres, uno dos tres, un placer ancestral, el juego amoroso más largo en el mundo.

Algunas hojas de los árboles bailaban también, llevadas por el viento leve de otoño, a través de la explanada del centro. Marta trató de explicar lo que veía:

—En medio de la plaza está el cine Planetario que parece una gigantesca pelota de unos 30 metros de altura y donde se exhiben películas en una gran pantalla en forma de cúpula de basílica.

—¡Wuauu! —respondió Norma.

Onomatopeya, "qué palabra tan bella", pensaba Norma. Aprendió lo que significaba y, no deseando ser una ciega muda, la usaba seguido para expresarse, pues ¿quién puede decirle sí a la vida con la boca cerrada? Se abre, muerde, está húmeda. Los sonidos salen. Tal vez sea como el rumor que se libera del cadáver cuando el mortero le da la vuelta, el último aliento, desprovisto de cualquier voluntad. O como los rugidos de los leones marinos que Norma escucha en los peñascos de Ensenada, no haciendo ni el amor ni la guerra, sólo anunciando sus existencias en lenguas que conoce el mar.

—Si me quieres encender —le dice Norma al amante—, no tan sólo por este momento sino para que siempre te lleve adentro, entonces aparta tus manos de mi cuerpo y háblame.

Ella pone los dedos en sus labios y siente las vibraciones de algunas palabras de sonido perfecto, un sonido claro y fluido que la penetra secretamente y le calma el golpeteo de su corazón.

Marta dejó que Norma avanzara sin su ayuda hacia el cine Planetario.

—Imposible —dijo Marta a Claudia en voz baja—, si nunca ha visto una película o una basílica, cómo va a imaginárselo.

Norma agradecía la bondad de sus amigas y lo atentas que eran con ella, como si fueran sus amantes ¡y dos al mismo tiempo! Estaba fascinada con las descripciones, le parecían metáforas, y siguió caminando por la explanada con las manos enfrente, sonriendo. De pronto puso los brazos en alto, como queriendo tocar la cúpula. En ese momento Marta, sorprendida, sintió celos de que Norma estuviera gozando tanto del viaje y vio que Claudia había seguido a Norma, con los ojos cerrados y dirigidos hacia lo alto de la gran esfera.

—Parece increíble —dijo Claudia mientras que el viento le soplaba hilos de cabello a lo largo de la cara, caminando despacio y con los ojos todavía cerrados, dirigidos más hacia arriba, hacia las nubes, hacia el cielo sin límites.

Traspaso farmacia

EMPECÉ PORQUE A VECES ME preguntaba qué estaba haciendo en este lugar saturado de humo, alfombras empapadas de cerveza y luces intermitentes. Empecé en esto porque se me hacía muy difícil trabajar atrás de la barra soportando horas interminables de oír voces rasposas diciéndome antes de tomar el primer sorbo "te voy a odiar en la mañana". Me cansé de aguantar clientes que se roban la propina o no dejan nada mientras que piden un agua mineral y pagan con un billete de cincuenta dólares.

Todos los hombres son iguales, desde los taxistas que me agarran del brazo como perros rabiosos hasta los licenciados que golpean en la barra con las botellas de cerveza al ritmo de música Tex-Mex. Sin importar a qué se dediquen o quiénes sean, en el fondo todos los hombres son arrogantes. Yo prefiero aquéllos cuyo orgullo se puede usar en su contra y hacerles una cicatriz, dejarles una marca de hierro que no puedan borrar. Es por eso que estoy en este lugar.

Sí, como cualquiera lo puede notar, tengo un cuerpo bonito que me da para comer, pero existen tantos bares en Tijuana que un cuerpo bonito no es necesario para conseguir esta clase de trabajo. Tampoco se necesita para que un negocio cambie de dueño, lo cual es más sencillo de lo que se pudiera creer. Lo que hay que hacer es esperar hasta que llega al bar un comerciante, de preferencia dueño de alguna botica. No hay que esperar mucho porque Tijuana se ha llenado de drogas y farmacias. Los boticarios no sólo son los más satisfechos consigo mismos, también están prontos a enamorarse. Esto incluye a los que llevan años de casados. De hecho, éstos son todavía más dóciles. Me hacen pensar que nunca han salido de sus casas, o que sólo han visto mujeres enfermas en la botica.

Cuando voy al trabajo me visto de traje y blusas con olanes.

"¡Qué exótica!" dicen porque no entienden de estas cosas. En el momento que me encienden el cigarro y mueven el taburete a mi esquina de la barra, puedo sentir que está a punto de ocurrir un traspaso de tienda. Si son dos, se desatan pequeñas batallas verbales en la barra o de plano salen a la calle a darse de madrazos. Porto joyas sencillas, las de lujo no son necesarias, y no uso anillos porque se atoran al destapar las cervezas, luego corre sangre por la hielera y con más ganas me pregunto qué estoy haciendo aquí. No uso perfumes pues los boticarios siempre traen en la bolsa algún frasquito, les encanta lo artificial. He conocido algunos que no toleran ver a la esposa sin maquillaje por lo que la pobre tiene que levantarse en la madrugada y arreglarse como si estuviera a punto de recibir en casa al primer ministro de Francia. Tampoco exhibo escote, de ninguna manera. Podría mostrarles un poco, pero si lo hiciera —y vaya que lo tengo—, si los fascinara con curvas, en esa botica no se movería ni el polvo. ¿Para qué lucirles algo que pueden tener con otra? Mi principio es muy sencillo: lo que se ocupa es establecer un misterio. Me visto con combinaciones de saco, suéteres, blusas, pantimedias, en fin, tres obstáculos por lo menos en todas partes. Muy pronto aprendí que imaginar algo que está un poco más allá de su alcance es lo que trae sin saliva a la mayoría de los hombres.

Los jueves son mis días libres y de alguna manera se los hago saber. Ese día me siento en una mesita alejada de la barra, bañada por la luz fosforescente de la rocola, y escucho boleros rancheros como fondo a mis supuestos recuerdos de un pasado secreto. Esto no se trata de sexo, sino de mangonear la atención de alguien, de hacerle pensar que todo va a ser su idea. No importa qué tan sensible pudiera actuar porque eso es todo lo que es. Una actuación. Tomo martinis o jaiboles, algunas veces fumo, otras no y nunca pruebo las botanas.

La primera vez, él llega casi siempre acompañado de algún amigo; al entrar le lanzo una mirada directa, amable, pero también encendida. Hablo muy poco y sonrío tímidamente. Les gusta si de alguna manera me veo herida, como si el último hombre en mi vida hubiera sido una bestia, un cretino, un rudo hijo de la chingada; y aunque nunca uso esas palabras todo lo que tengo que hacer es calladamente asentir con la cabeza. Al rato él dirá esas palabras.

Todos son Cid campeadores listos a mostrarme —si es que les permito— que algunos hombres pueden ser decentes, cariñosos. "Ese hijo de perra", me dirá, "no merece estar vivo". Luego me ordena otro trago y bromeamos de lo diferente que mis Tom Collins son de sus tecates. Es cuando no me pregunto qué estoy haciendo aquí, y trato de prolongar ese instante de cualquier forma que puedo. Es el momento que más disfruto: este hombre en mi mesa, su mano en el aire como todo un señor, dando una orden para la mujer que está a punto de salvar, sin ponerse a pensar que aquí trabajo y que los tragos nada me cuestan.

Desde luego que ya sabe dónde encontrarme el próximo jueves. Esta vez vendrá solo y tendremos una plática de hombre-a-mujer. Más bien, él tendrá una de hombre-consigo-mismo, y todo será como si estuviéramos noviando en la kermés de la iglesia: él inclinado sobre la mesa, su ojos húmedos, tratando de ser sincero en lo que dice y siente, los grandes proyectos que siempre quiso llevar a cabo, los obstáculos que ha enfrentado, la tragedia del tiempo. Me dirá que estudió alguna carrera idealista, como letras o economía, pero a causa del yugo matrimonial no la ha podido ejercer. Debido a esa carga es que puso el negocio junto con la esposa, la mezquina negrera, y lo atiende todas las horas de todos los días. Lo escucharé sin moverme. Es tan conmovedor, permítaseme decirlo, aunque creo haberlo oído antes en la estación de radio KRCN, amplitud modulada. Le doy la señal convenida a Laura y cuando de la rocola se escucha la canción de Álvaro Carrillo que dice "como se lleva un lunar, todos podemos una mancha llevar" dejaré escapar un leve suspiro, haciéndole saber que la música me ha afectado y veré que sus ojos se agrandan . . . "tus errores no me causan temor porque más vale uno solo de tus cabellos". A veces me dan lástima de lo fácil que es esto. Eventualmente, caerá en un silencio habiéndome dicho más en dos horas que a su esposa en años y entonces me va a preguntar si quiero bailar. Le diré que no moviendo la cabeza. La excusa: no sé bailar. Puedo verlo hincharse en su labor de salvación cuando lo escucha. (¡Ja! si supiera que empecé en el Sans Souci de la calle Revolución haciendo strip-tease). Enseguida, dependiendo de cómo me sienta —si es que deseo apurar las cosas o no—, le pediré que salgamos de este lugar.

—¿Podríamos, por un momento, sentarnos en tu carro?

Una vez que tomo asiento en su carro va a querer hacer algo. Lo que le permito es un sólo beso, luego me aparto y tomo su mano entre las mías. Nadie le ha hecho esto en años. Tomas la mano de un hombre entre las tuyas por unos diez minutos y te amará para siempre, así les nace el amor. Me estoy sentada y le insinúo, ligeramente, lo difícil que ha sido la vida para mí, pero lo optimista que estoy en el futuro, que las cosas "parecen" que están mejorando. Entonces, sonriendo, lo beso rápidamente en la mejilla, salgo casi corriendo de su carro y me meto al mío. De película italiana y sin pagar boleto.

Durante la semana le envío alguna nota —con mucho cuidado, desde luego— diciéndole que el haber sido tan sincero significa mucho para mí, agradeciéndole la molestia de compartir sus sentimientos conmigo. Su esposa hace mucho que ya no le escribe cartas; él me llamará y querrá verme enseguida. ¿Quién dijo que nada se aprende viendo telenovelas?

Parece mentira, pero cuando lo vuelvo a ver tampoco es una cosa sexual. Lo invito a otro bar o nos vamos a un motel en Puerto Nuevo, en plan de "conocernos mejor". La súbita energía de estar solos y cerca del mar lo volverá loco. Él querrá acelerarse, pero me respeta demasiado y, además, él es mi salvador, mi Príncipe Azul. Hay que reconocer lo obvio que es todo esto, dan ganas de escribir uno de esos libritos de auto-ayuda para que las otras no se dejen. Claro, terminamos en algún amarre de lucha greco-romana, en otra agonía juvenil donde él tan sólo logrará quitarme el saco y el suéter como en la telenovela "Los ricos también lloran", asombrado de la cantidad de cosas que llevo puestas, sin lograr tocarme la piel. Es tan cómico: él, a todo vapor, se levanta y rápidamente se faja la camisa, yo en la cama recargada en un brazo, ahora sí le muestro un poco de escote. Me pongo muy seria, como nunca antes, y trato de no reír pues lo que digo es algo de lo cual Corín Tellado estaría orgullosa:

—Necesito verte otra vez . . . No, olvídalo, vete a tu casa. Yo estaré bien.

Entonces él se acercará a la cama y yo le diré la "verdad":

—Soy una mujer que no hace esto. Pero deseo todo de ti. No entiendo qué me sucede aunque sé que necesito volver a verte.

Pendejadas por el estilo. Cuando vuelve al bar no le cobro las cervezas que se toma mientras espera a que termine mi turno. Esto le hará sentir que me está padroteando, por lo que él me dará algunos regalos que me hacen pensar si estará loco: un reloj de oro, un equipo de sonido completísimo.

—Hazme lo que quieras—, le digo. Lo cual es cierto siempre y cuando él sepa lo que no le dejaré hacer. Luego le enseño nuevos trucos sexuales por uno o dos meses hasta que la esposa se entera, siempre le lleva más tiempo del calculado. Aunque parezca extraño, a mi campeón ya no le importa, porque, verán, me ama, ¡ay güey! Tampoco tiene el humor de andar aguantando escenitas ni pagar meses de curaciones con algún psicólogo traumado. Para él ese matrimonio llegó a su fin, se acabó, junto con todo lo que lo tenía jodido, ahora podrá ser alguien en la vida: poeta, soñador, gitano, músico, un espíritu libre como ellos dicen pues. ¿Alguien trajo palomitas?

Este es un período complicado para mí. No se lleva tiempo hacerlo hablar del pasado, aunque sea de los tipos reservados. Cuando empezamos a hacer cosas, comienzo también a escuchar historias raras, un poco fuera de lo común, incidentes provocados por el uso de drogas, por ejemplo, o historias de sexo en panteones a las tres de la mañana con mujeres que habían sido pacientes mentales. Como todos, tiene su lado alocado y quiere seguirle conmigo. Llega a imaginarse que soy un pedazo de plastilina en sus manos, que conmigo sus dedos siempre están a punto de mojarse y volverse pegajosos. Es entonces que le diré que sería mejor que no nos viéramos por algún tiempo: es tan sólo sentido común. Él va a rentar un cuarto cerca de la cantina y me va a estar buscando durante todo el día. Creerá que mi vida debe girar alrededor de la suya, pero no se dará cuenta que es al revés. Es por eso que sigo en este lugar, porque quiero ver qué tan desesperado se vuelve, ver cuántos pedazos de vidrio puede masticar y todavía sonreír. Me siento culpable, le diré, estoy confundida. Mientras tanto, voy en el carro por su negocio esperando el momento que me llevó a hacer todo esto. Digo, estoy contenta durante este período, pero la verdad es que no estoy supercontenta hasta no ver el letrero TRASPASO FARMACIA en el ventanal. Los dos dueños tienen que lidiar con la realidad, dividir sus vidas y sus posesiones, no sólo la botica, sino pensar en todas las chingaderitas que han comprado juntos por años y años. Más allá de una simple mesa o las toallas del baño, tienen cuartos llenos de cosas, hijos y hasta mascotas. Seis o siete semanas más tarde le digo que no puedo continuar con él, que el ser una "rompe-hogares" es más de lo que puedo resistir y que estoy segura que le irá mejor sin mí. Yo no soy, después de todo "... nada en ti, ni lo vas a notar, ... y de algún modo seguiré mi viaje ..." (Con estas experiencias voy a escribir guiones de telenovelas para Televisa.) No deja de ir a la cantina. Lo miro con sus tímidos movimientos y con su cara en blanco, tratando de esconder la necesidad que tiene de hablar con cualquiera, incluyendo mujeres ojerosas con el coeficiente intelectual de una gallina. Sufrirá una rápida caída, la cual lo llevará de ser un individuo de inteligencia regular, a convertirse en un pinche vicioso.

—El alcohol —le digo—, poco a poco te está matando.

—Sí —me contesta—, pero ¿cuál es la prisa?

Cuando llega ese momento algunos me dan lástima aunque la mayoría tan sólo me causan desprecio. Lástima me da Laura, con su niña, llena de deudas médicas y una cara de boxeador de tanto que la han golpeado. Pena me da Rosaura con sus pelucas baratas tratando de esconder su identidad, tan viejita y todavía taloneando. O Marta, de ojos grandes y luminosos, acento centroamericano, y el miedo continuo de que la agarre la migra mexicana o que el dinero no le alcance para su siguiente ajuste de heroína.

Rodeada de estas mujeres la ración de lástima se me acaba muy pronto, nada queda para el boticario. Es mejor que se espere a recibir su dosis de compasión para cuando la madre Teresa regrese a Tijuana. Aquí también aprendí una lección muy valiosa: los hombres son fáciles de reemplazar. Cada uno es tan sólo una pieza de alguna máquina, cuando ésta se desgasta se busca otra nueva. Aunque siempre cuesta trabajo deshacerme del pequeño ratón, por lo que me voy a trabajar a alguna cantina de la Zona Norte, al turno de las seis de la mañana. Ese lugar se parece a las escenas que sobre Bosnia muestran los noticieros televisivos, con casas destruidas, carros yonkeados, y basureros llenos hasta el borde. En ese turno me toca despertar borrachos que se duermen en las mesas, correr drogadictos y perros que se juntan en la entrada, mientras que Vicente Fernández pega de gritos en la rocola. Pero hay algo en ese caos denso y peligroso que me pone contenta, con el cual me puedo relacionar. Ahí la atmósfera pulsa con la promesa escondida de que la calle está tan sólo detrás de una pesada cortina de lona. Es otro mundo ahí adentro, lleno de ambigüedades sexuales. Lo que no hay que olvidar son las veladoras para los santos en la repisa arriba de la hielera, porque a las siete de la mañana los comerciantes del centro van a misa a la iglesia de la Sospechosa Concepción, luego vienen aquí y entonces sí dejan buenas propinas.

Después de que él se vuelve historia, me doy una vuelta por la botica tan sólo para leer otra vez el letrero: TRASPASO FARMACIA. Y ahí está la esposa, con hileras de cosas por el suelo que trata de vender, ya que no siempre logran traspasar el negocio. Ella no me conocerá. Tal vez le compre algo, un espejo o una crema para las manos. Si hay una caja con discos o casetes, le compraré algunos para mi nuevo equipo de sonido. No me aborazo, lo hago con discreción, caen mal los triunfadores presumidos. Pero tengo una especie de excitación durante estos días, viendo lo que sucede. El lugar, al poco tiempo, se encontrará vacío y entonces el interior toma una apariencia polvorienta, desierta. Un manojo de basura se acumula enfrente como si fuera un homenaje al olvido y un nuevo letrero aparece: SE RENTA LOCAL.

Algunas veces me pregunto qué hago en este lugar porque no me gusta dormir de día, ni resucitar viejitos que se desmayan al primer trago de tequila. Pero soy inteligente y bonita y no voy a seguir en esto después de cumplir los 21 años, pienso volar de aquí antes de que me fracturen las alas. Mientras tanto, lo que hago es pasearme por las tiendas, y admirar los aparadores con sus productos llamativos. No hay nada que hable más de matrimonio que las farmacias en centros comerciales, tan limpias y bien organizadas. Camino despacio cuando paso por esas fortalezas y empiezo a imaginarme letreros con TRASPASO NEGOCIO en cada esquina. Porque no hay nada, ni siquiera ir a misa los domingos, que pueda evitar que un negocio cambie de dueño. Y si alguno de esos hombres me llega a escuchar, le diré lo que realmente necesito y quiero, lo que nunca he tenido, lo que estoy segura que nunca obtendré, ni en esta vida y menos en este lugar.

Baleros

HACÍA CALOR A ESA HORA DE LA tarde y los ruidos de la ciudad llegaban amortiguados por los árboles en el parque. Marta dejó la revista sobre la banca sin lograr avanzar más de una página y se quitó los lentes oscuros. Jaime pretendía mirar a Roberto, el hijo de Marta de tres años, quien jugaba con una pelota. La única persona que quedaba en el parque era un hombre que leía en una banca a unos pasos de distancia.

—No pongas esa cara tan seria —dijo Jaime—, no es para tanto.

—¿No lo crees? —preguntó Marta.

Jaime era quien tenía una expresión de perseguido, una mezcla de fingida devoción paternal y de ansiedad. Marta lo miró con cuidado, como si examinara a un perfecto extraño: el cabello canoso, los ojos claros, vacíos y tristes como los de un perro. Deseaba que Jaime permaneciera con ellos, pero la inquietaba el que estuviera consultando su reloj o viendo hacia las orillas del parque en busca de alguien conocido que lo pudiera descubrir ahí. Jaime sonrió al momento de sentirse observado. Esa repentina sonrisa, totalmente desarmante, lo había hecho el mejor agente de ventas en la compañía y también era su mejor protección. Era como la sonrisa de un chiquillo saboreando una travesura secreta.

—Ya se te pasará —dijo Jaime—, cualquier cosa que puedas superar en unos días no puede ser tan grave, es más bien como si fuera un catarro.

—O como la viruela o el amor —contestó Marta.

—Mira, se podrían quedar unos días aquí, en San Diego —dijo Jaime mientras encendía un cigarro—, yo vendría por ustedes en las tardes, iríamos a Imperial Beach, se puede pescar, ¿sabes?

—No estoy muy segura de que nos vayamos a quedar. No sé lo

que vamos a hacer.

—Martita, por favor. Venir desde tan lejos, con los problemas para cruzar la línea, tus vacaciones, desde luego que te vas a quedar.

—¿Por qué tienes que estar siempre tan seguro de mí?

Marta urgó en su bolsa buscando cerillos, por un momento temió que fuera a llorar y deseaba evitarlo. Al recibir el fuego que Jaime le ofreció, vio cómo un hombre en una banca pateaba la pelota del niño que había rodado hasta sus pies. El hombre se fijó detenidamente en Marta, escupiendo por la esquina de la boca y murmurando algunas palabras. Era un hombre moreno que a Marta se le hizo tan grande que parecía abarcar toda la banca; ella apartó la mirada cuando vio que su hijo regresaba con la pelota.

—¿Y a dónde te irías? —preguntó Jaime mientras guardaba el encendedor y sin haber percibido el incidente.

—Creo que regresaría a Ensenada.

—¿Y qué harías al llegar, limpiar las ventanas para entretenerte? ¡Ja!

—No lo sé, Jaime, no sé lo que voy a hacer. Trato de pensar en todo al mismo tiempo, pero es tan confuso. Por favor no insistas.

—¿Y el niño?, ¿acaso te has puesto a pensar en él?

Finalmente Marta no pudo impedir que le brotaran algunas lágrimas y de inmediato Jaime le ofreció su pañuelo.

—Contrólate —le dijo Jaime—, esta gente no entenderá español pero tampoco pueden ignorar que lloras. El niño te puede ver.

Marta se limpió la nariz.

—Te importa lo que piensen ¿verdad? Pues me podría parar y decirlo en un inglés muy sencillo: este hombre siempre me hace llorar porque . . .

—¿Y sabes qué te dirán? —la cortó Jaime—, ¿por qué no lo dejas?

—Eso quisieras, ¿no es cierto?

—La verdad es que no puedo imaginármelo —dijo Jaime.

—Sí, ya sé, después de tanto tiempo. Y suponiendo que no lo hago, ¿entonces qué?

—Pues empezamos todo de nuevo —dijo Jaime con su magnífica sonrisa—, solicitaría la plaza en Tijuana y allí viviríamos.

—Lo horrible, lo triste, es que nunca sé si te puedo creer.

—Te digo que no es para tanto, te aseguro . . . —a Jaime lo interrumpió el fuerte golpe de la pelota rebotando en una de las bancas. Roberto miró hacia su madre, con la boca entreabierta. Marta alcanzó a contener el primer impulso que sintió de correr hacia su hijo; quería que Roberto aprendiera a valerse por sí mismo. El hombre en la banca movió la boca como para escupir, pero esta vez les gritó:

—¡*Stupid* ilegales!

A Marta de pronto la asaltó una angustia y una aguda preocupación por su hijo. Al oír esto, Jaime tiró al suelo su cigarro y lo pisó con cuidado. Miró hacia el hombre y, usando la misma sonrisa que ofrecía a un cliente al hablarle de su producto le dijo:

—*Sorry,* amigo, *but there's no need to use that type of language.*

El hombre bajó su periódico y miró a Jaime de pies a cabeza, de manera lenta y deliberada:

—Es un lugar público, yo digo lo que me da la gana, en *english* o *in spanish, you stupid wetback.*

—Tiene usted razón —dijo Jaime, todavía sereno—, pero el que sea un lugar público no le da derecho a ofender con . . .

—Los que no tienen derecho a estorbar son ustedes, *you lazy* mojados —dijo el hombre con voz amenazante.

Por un momento los dos se vieron abiertamente. Marta notó que los músculos en la mandíbula de Jaime se le apretaban. Él rara vez se enojaba.

—Señor —dijo Jaime—, debe darse cuenta . . .

—*Shut up, stupid beaner!*

Marta sintió que el corazón empezaba a darle golpes en el pecho, la sofocaba un coraje impotente contra ese hombre que los venía a meter en una situación tan repugnante. Jaime se irguió. Lentamente el hombre se levantó de la banca y dio unos pasos en la dirección de Jaime, se paró con las piernas separadas, balanceándose un poco y, cruzando sus grandes brazos, observó a Jaime con absoluto desdén. Marta apretó sus temblorosas rodillas. ¿Habrá un pleito? Increíble. Deseaba hacer algo, detenerlos, pedir auxilio, quería agarrarlo de la manga para que volviera a sentarse, pero por alguna razón no lo hizo. Jaime agachó la cabeza y se tocó la frente, se veía muy pálido.

—Esto es ridículo —dijo Jaime con voz entrecortada. Entonces le dio la espalda al hombre y dijo calladamente— vámonos de aquí.

Caminó torpemente, casi renqueando, hacia la pelota, la levantó y tomó de la mano a Roberto. Con toda la dignidad de que fue capaz de aparentar, Marta caminó hacia su hijo y le tomó la otra manita sudorosa. El hombre se encontraba de nuevo desparramado en la banca y ella tuvo el cuidado de no voltear a verlo. Despacio y con la cabeza en alto salieron del parque.

Lo primero que sintió Marta fue un gran alivio de que no salieran lastimados, sobre todo de que el niño no alcanzó a comprender el trance en que estuvieron, tal vez por la rapidez con que todo sucedió. Pero no muy abajo de ese desahogo inicial había también en ella una sensación densa e inevitable. Sentía vagamente que eso había sido algo más que un accidente irritante, que tenía que ver con ella y con Jaime, algo intensamente personal. Estaba oscureciendo y los cerros de Tijuana al otro lado de la frontera eran a esa hora unas sombras macizas, sólo se podía ver donde caía la luz del alumbrado público. Se sintió mareada, como si todo a su alrededor fuera imaginario, como si ella misma se fuera desvaneciendo.

Caminaron algunos pasos y al llegar a un puente peatonal vieron en la otra orilla del puente a un hombre parado sobre un cajón que hacía algo con las manos. El hombre parecía dirigirse a ellos pero no alcanzaban a oír claramente lo que les decía.

—¿Es un mago? —preguntó el niño.

—Es un merolico —dijo Jaime—, ¿quieres verlo? —Se iban a desviar del camino pero Jaime deseaba distraerlos y que de alguna manera olvidaran lo sucedido, así fuera escuchando a un vendedor en la calle.

—Nunca he visto a un merolico, vamos —contestó el niño.

Marta asintió, pensando que aquello podría ser divertido para Roberto y los tres cruzaron el puente en silencio.

—Jóvenes, llévense su balero —les dijo el señor al acercarse—, ya nada más quedan dos con la firma del campeón mundial del balero.

A Marta le pareció que el señor se veía muy solo y pálido bajo el cono luminoso que venía del poste. Vestido con una camiseta sin mangas y pantalón corto, sostenía en las manos un balero con el mango labrado en forma de serpiente y la gran bola semejaba a una cabeza olmeca. Otros dos baleros, más pequeños, se encontraban sobre el cajón. Lanzaba la pesada esfera por encima de los hombros y del esfuerzo parecía que se le iban a reventar los delgados múscu-los. Hacía girar la esfera en el aire, entrando y saliendo del cono de luz, para adelante, para atrás, ensartándola en el mango cada vez que caía para enseguida lanzarla de nuevo.

—Sí jóvenes —les dijo—, campeón mundial y Juan es mi nombre. Hago mis propios baleros siguiendo los principios descritos por los antiguos toltecas.

Los tres rodearon a Juan, observándolo con interés. El grupo que formaban casi bloqueaba todo el acceso al pequeño puente.

—Campeón mundial, sí, por eso tengo las manos todas cortadas, pero como dijo Axayácatl del auténtico sacrificio: "el golpe de piedra pone la dureza de la obsidiana en el corazón".

Se detuvo por unos segundos dejando girar la esfera libremente en el aire mientras que parecía descansar, respirando fuerte, como una bestia enjaulada.

—Está medio aburrido —le dijo Jaime a Marta en voz baja.

—Señor Juan, y ¿cuánto cuestan? —preguntó Roberto.

—Sólo tres dólares, ¿nunca has tenido uno, verdad?, lo puedo ver en tus manos. Anímate, eso es; en nuestra lengua se llaman tla-cos, igual que el juego sagrado de pelota. Ese que tomaste es de ahuehuete y le pinté las señales y milagros que nuestros padres reci-bieron de Huitzilopóchtli.

—Vámonos —dijo Jaime al dejar el dinero sobre el cajón.

—El niño quiere ver —respondió Marta. Roberto escuchaba con los ojos muy abiertos y con el balero en su puño.

Juan extendió cuidadosamente la cuerda, se quedó quieto por un instante, cerró los ojos y aventó la cabeza del balero con gran fuerza. El sudor le hacía brillar toda la cara y las venas en su cuello se mostraban azules e hinchadas contra la piel. Se le podía ver en los ojos una concentración casi fanática. Lentamente, parecía que la esfera se perdía en la oscuridad. Por un angustioso segundo Marta pensó que no sería capaz de atraparla y retrocedió asustada, jalando a su hijo, pero abruptamente la cabeza apareció dando giros erráticos en el aire, y de alguna manera cayó ensartada en el mango. El niño festejó el triunfo con alegría y esto se repitió varias veces.

—Es imposible describir lo que se siente estar con el tlaco en el aire —les dijo Juan—. Yo lo aprendí en el calmecac de Pedro López, maestro de todos los tlatoanis que quedamos vivos. Cuando sube el tlaco uno también asciende, al igual que lo hacían antes los caballeros águila. Tu cuerpo podrá estar abajo, pero tu ser gira y abandona el suelo. Y si logras que te salgan ojos en el corazón podrás ver el rostro de nuestro señor Topiltzin Quetzalcóalt. Entonces es cuando se comprende que tiempo y espacio son inseparables. Solamente un verdadero tlatoani conoce esto.

—Lo que dice suena tan absurdo —se quejó Jaime—, ya vámonos.

—Pues no lo escuches si no quieres —le dijo Marta. Lo que Jaime hizo fue darse la vuelta y recorrer el puente hasta llegar a la mitad. Ahí los esperó fumando un cigarro.

Juan dejó la cabeza olmeca sobre el cajón y tomó el otro balero, un poco más pequeño. Tenso y fluido como un pez fuera del agua, enseguida inició una serie de movimientos cada vez más rápidos, extrañamente hipnóticos y complejos. La bola parecía bailar y detenerse en el aire, giraba y luego botaba sobre el mango a un ritmo constante parecido al de un tambor. Marta seguía la esfera en sus movimientos rítmicos y cadenciosos y sintió un inexplicable regocijo, como si su propio cuerpo volara, ligero, al compás del golpeteo estimulante. Tomó el balero de las manos de Roberto, lo iba a lanzar pero se detuvo al pensar que Jaime de seguro los miraba desde el puente y que probablemente tampoco iba a comprender este impulso.

—Hay tlacos que solamente los tlatoanis podemos usar —les dijo Juan—. El 27 de diciembre subimos al Popocatépetl. En esa fecha se forma una laguna en el fondo del cráter con la nieve que el volcán derrite en los días anteriores. Nos vestimos con las insignias del guerrero y nos paramos a la orilla del cráter mientras que nos traen los tlacos sagrados. Son de caoba, con espinas y navajas a los lados y en el fondo. Uno por uno se avientan los tlacos, y al ir cayendo nos cortan en las manos. Las navajas dan vueltas en el aire y las gotas de sangre traen a la tierra la memoria de Cuatlicue, madre de todos los dioses. El primero que falla se arroja al fondo del cráter para así renovar este ciclo cósmico. Soy quien más veces ha celebrado ese . . .

—¡Otra vez en el *way, shit!*—les gritó el hombre del parque al penetrar de pronto en el cono de luz.

—Llévese su balero, joven —le dijo Juan—, sólo queda uno con mi firma.

El hombre lo miró de reojo y le dijo mientras parecía que buscaba a Jaime:

—Lo que voy a hacer es regresarte, a ti y a estos pollos, al infierno de donde vienen.

—¿Tú y cuántos migras más? —respondió Juan a la vez que desenrollaba más cuerda del mango del balero.

Entonces el hombre sí le puso atención y con la pierna le dio un fuerte empujón a la caja. Juan cayó trastabillando pero enseguida se irguió y extrañamente reanudó el golpeteo acompasado del balero. La luz ahora le iluminaba solamente la mitad inferior del cuerpo. Después lanzó la bola dos o tres veces al aire ganando cada vez más altura y repentinamente cambió a otro juego de pelota: con un firme movimiento de muñeca hizo descender al balero de la oscuridad, en línea recta y a gran velocidad, golpeando al hombre en la sien. El martillazo produjo un crujido nauseabundo y el hombre, tambaleando, se dobló sobre el barandal del puente y cayó al otro lado donde quedó tendido entre las hierbas en posición fetal.

Juan fue a recoger la cabeza olmeca que había salido rodando hacia la calle y desapareció en la negrura de la noche. Jaime jaló a Roberto rumbo al puente y al momento el niño regresó a la vida. Su cara perdió la expresión absorta que tenía y empezó a llorar, convirtiéndose con sus gritos en una especie de alarma. Marta los alcanzó, tomó la otra mano del niño y entre los dos lo deslizaron por el piso.

—No quise meterme porque no hubiera probado nada —dijo Jaime mientras apretaba el paso y tiraba con firmeza de Roberto.

—No, nada —contestó Marta. El balero que llevaba en su mano libre se había desprendido del mango y oscilaba de la cuerda.

—Las únicas consecuencias posibles —continuó Jaime—, hubieran sido uno o dos dientes rotos, un par de semanas perdidas, ¿y todo para qué, para darle otra lección a ese hombre, defender la justicia? Para nada hubiera servido.

—Para nada —repitió Marta.

Cruzaron el puente y vio que había luna nueva, que ahora podía ver nítidamente las siluetas opacas de las montañas. Marta quería alejarse lo más pronto de ese lugar; deseaba regresar a su rutina familiar y borrar esa conmoción que llevaba pegada en la cabeza como cemento pesado. El niño seguía llorando. Siempre había sentido una tierna lástima hacía su hijo por lo indefenso de su cuerpecito, sus brazos frágiles, las piernitas delgadas e inseguras. Y ahora ese mismo cuerpo se revelaba contra ella, apretándose con dureza y enojo.

—¡Ya deja de llorar! —dijo Jaime abruptamente—. ¡Me da vergüenza que seas tan chillón! —y Roberto lloró aún más fuerte.

—Así son los niños —dijo Marta—; ha de creer que fue al circo o a los títeres y, claro, quería seguir viendo.

—Vamos perturbando a todos en la calle con sus gritos. ¡¿Puedes hacer que se calle, por favor?! —pidió Jaime irritado.

—En un momento se le pasará, no es para tanto —le dijo Marta.

Roberto aumentó el forcejeo estirándose hacia atrás todavía con más fuerza mientras seguía arrastrando los pies.

—Si tú no lo puedes callar ¡los voy a regresar al lugar de donde vinieron! —dijo Jaime al soltar a Roberto con un brusco impulso, dejando caer la pelota que todo el tiempo había cargado.

Sorprendida por lo que dijo, Marta inmediatamente colocó al niño en su espalda. Ella podía sentir a la criatura sujetarse a sus piernas pero también sintió una fuerza secreta que le empezaba a correr por el brazo que sostenía el balero y que la llenaba de una furiosa energía. De una manera fría y penetrante, llena de desprecio, le dijo:

—¿De veras? —y con el balero meciéndose a su lado, se oyó a sí misma decir— ¿Tú y cuántos migras más?

Al otro lado del horizonte

HAY VECES QUE EL FANTASMA de ese perro se me aparece donde menos lo espero. Voy caminando por las calles Constitución y Segunda en el centro de Tijuana, de visita en el país que dejé hace mucho. Los ruidos de la calle estallan a mi lado —bocinas, motores, insultos—, y el chicle de alguien me sujeta el zapato al suelo, cuando ese perro se acuerda de mí y se reencarna enmedio de la banqueta.

Ya hace más de 25 años. Estoy otra vez en la colonia La Mesa cuando todavía era el Distrito de Riego número 12, con don Samuel y el profesor como nuestros únicos vecinos y rodeados de grandes extensiones de terrenos baldíos. De joven don Samuel había trabajado, junto con mi abuelo, en el Casino del Agua Caliente, pero en ese tiempo se encargaba de los caballos, de las mulas y de las carretas de servicio en el hipódromo. Casi todos los días durante las vacaciones de la escuela, don Samuel pasaba muy temprano por la casa, chiflaba la seña convenida y los dos nos íbamos caminando hasta las caballerizas. Ahí me esperaba Chorreado, "mi caballo", un caballo tan viejo que lo habían nombrado en honor de un burro en una película donde María Félix actuaba en el papel de niña. Chorreado colgaba su cabeza en mi hombro y chasqueaba los labios bigotudos en mi cuello, "está contento de verte" me decía don Samuel. Yo me subía a su alto y angosto lomo, don Samuel en su yegua relinchona y veloz, y nos íbamos por la carreta para engancharla al Chorreado. Éste sabía bien la ruta y se iba sin necesidad de dirección con la mirada fija en el camino. Parecía que su laborioso modo de andar se debía a una vaga memoria que le venía tenuemente a través de los años y cada paso había que recordar cómo darlo. Antes de que avanzáramos un kilómetro, ya estaba derramando sudor y espuma por la boca. En los fines de semana las cuadras se llenaban de poderosos caballos de carreras, traídos de Del Mar, tan alertas y nerviosos que parecían hechos de resortes muy apretados. Al verlos le preguntaba a don Samuel "¿Cuándo me va a regalar un caballo de a deveras?". Él nada más se sonreía o se ponía a cantar para entretenernos o para calmar a la yegua. Yo la única canción que me sabía era la de "Doce cascabeles lleva mi caballo por la carretera", porque la cantaban en el programa del "Hombre Feliz" en el Canal 12. Don Samuel nunca se cansaba de cantarla conmigo sin importar cuántas veces la repitiéramos.

Esto se interrumpió abruptamente por dos meses cuando a don Samuel lo enviaron a trabajar a las perreras del galgódromo. A ese lugar sólo me llevó una noche en la que iban a tener changuitos cabalgando sobre los perros, pero al final la función se canceló. Al llegar esa tarde nos fuimos cruzando por todas las guarderías y al fondo de ellas entramos a un cuarto sin ventanas, con paredes brillosas pintadas de verde oscuro y con un letrero en la entrada que decía "Laboratorio". Mientras él se ponía unas botas y un mandil de hule negro me pidió que le ayudara cubriendo todo el piso de mosaico con el aserrín que estaba en un costal en la esquina. Cerca de la entrada había una báscula ancha, a la cual brinqué cuando la descubrí porque quería conocer mi peso. Don Samuel estaba ajustando la balanza cuando entró en el cuarto un señor sujetando a un perro de un bozal.

—Hazte, m'ijo —me ordenó don Samuel al tiempo que el señor subía al perro a la báscula. Los dos hombres se saludaron y casualmente preguntó don Samuel —no se ve golpeado, ¿qué tiene?

—No sirve, no ha ganado ni una carrera en toda su vida. El dueño dice que le está saliendo más caro mantenerlo.

—Pues allá ellos, son los patrones —le contestó don Samuel.

Después de verle con cuidado la parte interna de una pata trasera y de anotar algunas cifras en un cuaderno, don Samuel bajó al perro de la báscula y lo montó en una especie de banca metálica que estaba en el centro del cuarto. En esta banca don Samuel amarró las patas del perro con unas correas de cuero y la cabeza la sujetó firmemente sobre una especie de embudo conectado con una manguera a una coladera en el piso. Después se dirigió hacia unos lavabos de donde tomó algo que al principio no reconocí, pero al regresar con el perro le pasó la navaja de un largo cuchillo por los lados del cuello. Don Samuel continuó platicando animadamente con el señor, y al momento de firmar en el registro los dos notaron la parálisis en la que yo había caído. Me encontraba completamente suspendido observando la sangre que emanaba a chorros, bruscos y rítmicos, del cuello y que se acumulaba en la parte angosta del embudo. Permanecí estancado viendo al animal disminuir poco a poco sus furiosas convulsiones como si se hundiera en un pesado sueño. Don Samuel repitió varias veces algo que yo no oí. Se me acercó y, guiándome con el reverso de la mano enguantada en el hombro, me llevó hasta la puerta. Al darme cinco dólares me dijo que no volviera sino hasta terminada la última carrera.

Yo no podía explicarme lo que había visto y por varios minutos caminé perdido por entre canceles y edificios. Tampoco me di cuenta cuando abrí la puerta de un corralito en cuya esquina estaba un perro amarillo con el pecho y las patas blancas, grande y flaco. Al verme, el perro se me acercó lentamente con el hocico apretado y los ojos muy fijos en mí. Pensé que me iba a morder, quise gritar pero no pude. Al llegar a mi lado lo que hizo fue olerme. Después levantó el mentón, bajó las orejas y, con los ojos semicerrados, dejó que le colgara la lengua. La mayor parte de su larga y angosta cabeza la abarcaba una especie de sonrisa húmeda, roja, redonda; una sonrisa que parecía de saludo. Cuando le toqué la cabeza temerosamente, el perro se empezó a mecer hacia los lados en contorsiones y bailoteos giratorios. El lugar era más bien una jaula pequeña, con paredes sólidas de metro y medio de altura. Sin embargo, el perro pretendía dar pequeñas corridas hasta la esquina y regresar nuevamente para que le rascara la cabeza. Ya en confianza me agaché para verlo a la cara. Él primero se sentó en sus patas traseras y luego se echó boca arriba como si fuera un cachorro. Estaba tomándole una de sus patas cuando bruscamente la retiró para darse la vuelta. Enseguida mostró una hilera de dientes desnudos, en alerta, y de pronto, sentí un fuerte dolor en el brazo. Era el guardia del lugar quien, empujando al perro hasta la orilla, me llevó colgado en el aire hasta el edificio principal.

Era la primera vez que me encontraba sólo en medio de tanta gente y durante el resto de la noche exploré todos los rincones del galgódromo, corriendo por las graderías, acercándome a las ventanillas, donde hombres de apariencia malhechora se aglomeraban para hacer apuestas, y recogiendo del suelo boletos de las quinelas porque tenían colores vistosos. Cuando anunciaron la última carrera me arrimé a la pista para observar de cerca a los esbeltos galgos que paseaban por la orilla, buscando al que se viera como el triunfador porque se me había ocurrido ir a apostar el dinero que don Samuel me dio para comer. Entre los perros había uno, el número 15, que le daba trabajo a su manejador pues le golpeaba las piernas con una cola pesada que movía como si fuera un látigo. Detrás de la mascarilla que le ponen a los perros para que no muerdan, reconocí la misma sonrisa del perro amarillo, parecía un niño disfrazado de bandido.

—Dile a tu papá que venga porque aquí no se le vende a chiquillos —fue lo que bramó el cajero cuando pedí apostarle al 15.

De todas maneras me imaginé que ése era mi perro y momentos antes de que se iniciara la carrera me deslicé por entre las rejas para colocarme aún más cerca del arrancadero. Al sonar la campana se abrieron las puertitas y los perros salieron como enloquecidos en frenética persecución de Pepito, la liebre mecánica. Los vi pasar enfrente de mí como unas manchas silbantes y se volvieron unas sombras voladoras en la vuelta lejana de la pista. Todos los perros excepto uno, el número 15. Asomando la cabeza, primero vio en dirección de los perros que desaparecían a lo lejos, después miró hacia donde yo me encontraba. Entonces dio unos pasos hacia la derecha y al llegar a la orilla puso las patas en el barandal que circunda la pista y nuevamente me ofreció su sonrisa de perro. Esta vez cuando Pepito tomaba la última curva, el 15 sí lo distinguió. Formó una línea recta perfecta con el cuello, la espalda y la cola y alzó levemente una pata como si hubiera pisado algo desagradable. Al pasar Pepito, el 15 se arrojó a perseguirlo tan de cerca que si no fuera por la máscara le hubiera arrancado una oreja al conejo tramposo. Le grité lo más fuerte que pude y la alegría me invadió cuando lo vi llegar al final muy por delante de los otros perros. Me pareció injusto que el tablero no lo declarara el ganador y maldije en voz alta, de la misma manera como oí hacerlo en las graderías.

—Ya habrá otras carreras —me dijo una señora que me escuchó desde las butacas al otro lado de las rejas.

Pronto me aparté de donde estaba porque vi a los guardias, muy enojados, caminar en mi dirección, y me fui de prisa en busca del laboratorio. Al llegar, toqué la puerta y la abrí con mucho cuidado. Don Samuel estaba agachado recogiendo con una escobeta montoncitos de aserrín y echándolos en un bote. —Pásale, pásale, ya casi nos vamos —me dijo al verme. El cuarto se sentía muy caliente y un extraño vaho emanaba de su interior pero no era desagradable. Mientras él terminaba de recoger el aserrín, me pidió que metiera unos paquetes con grandes números en un cuartito muy frío y con puerta de fierro. Desde ese cuartito oí una voz desconocida decir —Como en los toros: el último de la tarde, aquí se lo dejo.

Salí y traté de no mirar hacia la báscula, pero el lugar era tan pequeño que no pude evitar ver las patas blancas del perro. Sin poder evadirlo, también noté que el perro se daba la vuelta completa para verme de frente. Al alzar la mirada y verlo con la lengua de fuera me di cuenta que era el número 15.

—Espérame ahí afuerita, pero no te vayas muy lejos —me dijo don Samuel mientras bajaba al perro de la báscula.

—No lo mate, no fue su culpa, yo fui quien echó a perder la carrera—le dije a don Samuel pero él, sin saber de qué le estaba hablando, me volvió a pedir que saliera. Esta vez me resistí, le supliqué, ahora con sollozos, que no lo matara—. ¿Qué le ha hecho a usted ese perro? Déjelo que se vaya.

—No se puede —respondió don Samuel varias veces a mis ruegos y fue tal mi angustia que decidió hacerlo hasta el día siguiente.

Por el camino de regreso a casa le fui rogando que lo perdonara.

—Yo lo cuido, si quiere se lo compro en cinco dólares.

—Mira —me dijo don Samuel —desde que metieron a Gregorio Bitumea en la cárcel llevan un control muy estricto de los animales.

—Pues diga que Gregorio o su pandilla se lo robó.

—Bueno, sí —contestó don Samuel— pero Gregorio se robaba solamente partes y las mandaba a las taquerías de Ensenada y Mexicali, por eso ahora cuentan y pesan todo. Así que no se puede.

Después de esto seguimos caminando, ahora en silencio. Al dejarme en la casa me dijo —Además, tu mamá no tolera animales.

Yo le contesté —Pues ella nunca está, ni cuenta se va a dar y no es cierto porque entonces ¿por qué habla con usted? —con lo que cerré la puerta de un golpe.

Esa noche no pude dormir bien por todo lo que había pasado, pero un agudo ruido me despertó tan de madrugada cuando afuera estaba casi oscuro. Al reconocer la señal salí corriendo poniéndome la ropa y tropezando con los muebles. En la puerta don Samuel me dio un mecate, —agárralo fuerte —me dijo, al mismo tiempo que sentí unos fuertes chicotazos en las piernas. Al darme cuenta de lo que era le ofrecí a don Samuel los cinco dólares de la noche anterior. Él se sonrió, se agachó a propinarle al perro una feroz y hombruna refregada atrás de las ojeras y me dijo —Guárdate el dinero, nomás lo vas a cuidar por un tiempo.

—¿Cómo se llama? —le pregunté.

—No sé —me contestó— creo que Pingas o Ringas, algo así. Anda, amárralo al palo del tendedero.

Yo lo que hice fue meterlo a la casa la cual, después de una cuidadosa investigación, se convirtió más bien en el hogar del Ringas, al marcarla por dentro y por fuera como su territorio con su firma característica. Lamía cualquier cosa que se le pusiera enfrente y pronto aprendió a abrir la puerta del refrigerador, pero nunca se preocupó por cerrarla. Lo compartíamos todo, desde la comida que mi mamá o mi tía dejaban preparada, hasta los programas de televisión —me copió la costumbre de echarse al suelo enfrente de la televisión a comer, atento con las orejas semierguidas. Durante los pocos días que mamá regresaba de su trabajo se suspendía el reinado del Ringas porque entonces lo echaba al patio pero a excepción de esas veces, el Ringas entraba y salía de la casa a la hora que quisiera. En las tardes, yo tenía la obligación de ir con mi tía Josefina, hermana de mi mamá, quien vivía atrás de la escuela 20 de Noviembre, del otro lado de las vías de ferrocarril. Muchas veces el Ringas me acompañaba. En la temporada de lluvias se formaba cerca de la casa de mi tía un gran río que el Ringas cruzaba persiguiendo la estaca que yo le arrojaba hasta la otra orilla. "¡Estás loco!" me gritaba mi tía. No estaba muy contenta con el perro, pero lo toleraba porque me hacía compañía.

—Ese arroyo lleva muchos remolinos ¡Se va a cargar a tu animal hasta San Diego!

—No es arroyo, Tía, es el río Tijuana.

Yo estaba tan orgulloso de mi atlético perro que se me figuraba que cruzaba el Amazonas.

Al poco tiempo don Samuel regresó a su antiguo trabajo y mientras el Chorreado y yo recorríamos penosamente el camino, el Ringas y don Samuel se iban a trotar por las extensas praderas vecinas. La yegua había competido en el Hipódromo pero a don Samuel no le gustaba forzarla a correr más allá de lo que ella quisiera. El Ringas, en cambio, se desplazaba a grandes zancadas que le permitían cubrir bastante terreno y desarrollar velocidades extraordinarias. También poseía una enorme resistencia por lo que a veces seguía corriendo y desaparecía, como flotando al ras de la superficie, muy lejos en el horizonte. Le gustaba tanto correr que don Samuel tuvo que comprarle un collar con una plaquita con su nombre y dirección porque era muy curioso y a veces se metía por lugares donde nunca debería de andar.

Una tarde mi tía, aprovechando que su esposo estaba de vacaciones y la podía traer en el carro, vino a visitarme en lugar de que yo fuera a su casa. Estaba ella preparando algo de comer y el tío tomando una siesta en el sofá de la sala, cuando vimos al Ringas cargando en el hocico un conejo todo sucio y que por el olor parecía que había alcanzado plena madurez de muerto. Lo dejó justo a la entrada de la cocina, donde mejor podía su regalo ser reconocido y se quedó esperando con la boca abierta en la más amplia y tonta sonrisa. Al ver al conejo lo reconocí como la mascota del profesor. Mi tía inmediatamente distinguió esa fragancia característica y trató de sacarlo de la casa de un zapatazo pero el fuerte olor la hizo que retrocediera. El Ringas tomó nuevamente el conejo en el hocico y empezó a brincotear alrededor de la tía Josefina. Mi tía retrocedía y le gritaba "¡no me sigas! ¡no me sigas, perro cochino!" pero el Ringas la rodeaba sin importar qué tanto lo ofendieran, encantado como sólo un perro puede estar de encontrar compañeros dispuestos a jugar. Yo salí de la casa en busca del bozal porque no lograba sujetarlo del collar de tantos brincos que daba. No pudiendo más, mi tía tomó refugio en el baño desde donde se oyeron fuertes tosidos. Encontrando que le habían cerrado la puerta, el Ringas dio la vuelta para entrar en la sala. Sería el ruido o el olor lo que despertó al tío pero, al tener repentinamente enfrente de sus ojos a un perro con un conejo en la boca, pegó un salto y como pudo salió corriendo de la casa por la puerta de enfrente. El Ringas lo siguió porque trataba de ser amigable y darle regalos a todo el mundo. Mi tía escuchó que el carro arrancaba sin ella y no lo alcanzó sino hasta la esquina de la cuadra. Una vez que el perro los vio alejarse en medio de una nube de polvo, trotó de regreso a casa aparentemente satisfecho con la diversión que había tenido esa tarde. Yo me alarmé porque me imaginaba el gran disgusto del profesor cuando se enterara de que mi perro había matado a su conejo al confundirlo con Pepito. Así que con todo cuidado lavé al muertito lo mejor que pude y lo sequé con unas toallas que mi tía dejó olvidadas. Ya en la noche, pero antes de que el profesor regresara de su trabajo, lo llevé hasta su patio y lo metí en la jaula. Al día siguiente oí unos gritos que venían de la casa del profesor y salí como para ver qué sucedía. Cuando llegué, el profesor estaba tratando de sacar al conejo de la jaula con una pala. Al verme me dijo, con voz apagada, —Tiré al conejo en el basurero hace seis días. —Debió sospechar algo porque me ofrecí a regresarlo al basurero, que en esos tiempos estaba donde hoy se encuentra el Colegio México. No era profesor pero así le puso don Samuel porque pretendía saberlo todo y su opinión era la única correcta; además, a él le gustaba que así le dijeran. Sin embargo, en esta ocasión no quiso explicar lo que sucedió pero sí me agradeció el favor alabándome como niño modelo de obediencia, buenas maneras, "vas a crecer muy fuerte", y mentiras por el estilo. Yo agaché la cabeza humildemente aceptando los elogios y tampoco le pregunté nada.

A los pocos días el profesor mandó a construir un alto cerco de madera alrededor de su terreno y una tarde que regresábamos de con mi tía nos lo encontramos saliendo de su carro. Los métodos de saludo del Ringas eran en general cordiales: cuando se acercaba meneaba la cola. Ésto hacía que las personas le tuvieran confianza y preparaba el camino para un saludo más íntimo, un sondeo olfativo a la parte central de la persona. Su altura era tal que le permitía poner la nariz en la ingle sin mucha dificultad.

—¿No muerde tu perro? —me preguntó el profesor con cierta aprensión.

—A veces —le contesté.

Rápidamente abrió la puerta y me dijo desde el otro lado del cerco, ya en su tono magisterial, —Sabes que un hombre se puede conocer por el tipo de perro que posee. No significa lo mismo un perro rastreador como el beagle, que uno de cacería como el pointer alemán.

—El mío es galgo —le interrumpí,

—¿Galgo? Más bien guango, ¿tiene pedigree?

—¿Qué es eso? —le pregunté.

—¿Tiene papeles, el CPR: Certificado de Pureza Racial?

—A lo mejor está entre los papeles de la escuela, pero cuida bien la casa —le contesté.

—Se ve inmediatamente que no los puede tener —me dijo— además, los perros inferiores como el tuyo no sirven ni de protección. Los de guardia como el rott weiler o el doberman pinscher hacen que rateros y otros indeseables se aparten de lugar con su sola apariencia. —Ya desde la entrada de su casa me dijo— En los próximos días viajaré a los Estados Unidos para adquirir un perro de alcurnia, de reconocido linaje ancestral y con los nombres de los 14 ascendentes, todos de estirpe, en las tres generaciones anteriores.

La semana siguiente el profesor trajo una perra a la cual él llamaba Princesa pero que nosotros —don Samuel, el Ringas, y yo— conocíamos como la Patucha, por sus patas, todas anchas cubiertas de pelo largo. Era una setter irlandesa de pelaje rojo dorado y brillante, de ojos castaños grandes y mirada dulce, y de un carácter tan agradable que en nada se parecía al dueño. El Ringas pronto la notó y en las tardes los dos perros se la pasaban pegados al cerco porque era demasiado alto para que lo pudieran saltar.

Una noche me pareció que el Ringas estaba más triste que de costumbre. Como sabía que el profesor regresaba del trabajo muy tarde fui a la casa por mi cobija verde porque era la más gruesa que tenía. Le hice varios dobleces y con ella cubrí el borde puntiagudo del cerco. Con todas mis fuerzas levanté al Ringas hasta la mitad del cerco y lo deslicé por los barrotes el resto del camino. Al caer del otro lado produjo un golpe seco, bajo. La Patucha se había alejado hasta el centro del patio pero al distinguir en el suelo al Ringas, inmediatamente bajó los codos de las patas delanteras. Su gesto parecía una invitación a jugar, parecía decir, "¡persígueme!" Así lo hizo el Ringas una vez que se recuperó del golpe. Con rapidez y ligereza las dos criaturas iniciaron una serie de vueltas y giros por el patio, brincando de los escalones a una mesa, saltando sobre la jaula del conejo difunto y otra vez a lo alto de los escalones. Sus ojos brillantes parecían explosiones de energía radiante. Todo lo hacían en un silencio perfecto, excepto cuando las patas rasguñaban el piso de cemento. Después de las lluvias el pasto cubría todos los cerros y el zacate verde parecía una cicatriz que contrastaba con los colores naturales del desierto. Viendo a lo lejos las grandes luces que a esa hora encendían en el hipódromo, en el calor agradable y la suave brisa del verano lento, en esa gran quietud, me quedé dormido.

No desperté sino hasta que oí el carro del profesor estacionarse enfrente de su casa. Lo primero que distinguí fueron los dos perros, muy apacibles y contentos, echados cerca de mí. Enseguida recapacité que mi perro, sin papeles y de ilegal, estaba al otro lado del cerco jugando con una perra americana. Como pude brinqué y lo atrapé; esta vez sí se quejó del costalazo que se dio al caer de regreso en tierra libre. Cuando vino mi turno la Patucha me despidió con una mordida muy fuerte en la pantorrilla. Teniendo al Ringas agarrado del collar con una mano y en la otra la cobija, yo renqueando y los dos heridos por la misma perra, nos fuimos hasta la casa sin que el profesor nos sorprendiera.

Todavía no se me borraban las huellas de la mordida cuando nacieron cinco perritos, algunos colorados otros amarillos, que el profesor tampoco pudo explicar de dónde salieron. Fueron los primeros galgos que hubo en la colonia La Mesa pero luego se esparcieron por toda Tijuana, tímidamente primero por las colonias Chapultepec y Rancho Alegre. Después el Ringas extendió su territorio hasta llegar a la Cacho y la Avenida Revolución. A través de las quejas de la gente supimos que recorría muchos kilómetros a la redonda. Su alcance parecía el de un lobo. Aprendió a recorrer la naciente ciudad con toda facilidad. Nunca se perdía y siempre encontraba el camino de regreso desde cualquier esquina, de día o de noche, sin importar qué tan lejos se fuera. Por las calles caminaba sin cuidarse mucho de los carros y nunca por las banquetas. En su lugar marchaba de forma atrevida y resuelta por en medio de la calle, con la cabeza y las ojeras giradas al frente. A veces tardaba días en regresar pero siempre lo hacía y se le veía contento, listo para comer algo y descansar antes de salir otra vez. Por eso es que nunca entendí lo que pasó.

Una noche desperté asustado por unos golpes fuertes en la puerta. Era el profesor quien, parado en la puerta, tenía unos ojos que parecían lámparas de alumbrado público. Detrás de él, un sonido horrible provenía de su carro.

—Tu perro está allá abajo en la carretera, quién sabe qué le pasa.

Fui corriendo a donde me dijo y encontré al Ringas temblando, recostado en unos pastizales cerca de donde la carretera hace una curva. Las luces de los carros al pasar se dirigían directamente sobre el perro, alumbrándole la boca abierta. Parecía que sólo era ojos y huesos, parecía ser el perro de otra persona. Una herida en una de las patas le llegaba hasta lo blanco del hueso. Manchas rojas aparecían por todo su cuerpo y una espuma espesa y oscura le salía de la boca. Regresé a casa por la cobija verde y con ella hice una especie de bolsa en donde cargar al Ringas. Al tocar su herida un escalofrío me recorrió por todo el cuerpo. No lo sentí tan pesado como la primera vez que lo alcé, pero la sangre que goteaba de la cobija la sentí caliente. Respiraba quejumbrosamente y gemía. Estuvo batallando en mis brazos y hubo un momento en el que alzó la cabeza tan repentinamente que casi me golpeó en la cara. Después se acomodó sin mucha resistencia y antes de entrecerrar los ojos se las arregló para pasarme la lengua por la mano. Fui corriendo por el campo oscuro hacia la casa de don Samuel, preguntándome si mi torpeza lastimaba al Ringas. No me extrañó ver a don Samuel esperándome en la entrada de su casa. Al verme me ayudó a llevar al perro hasta el jardín donde lo dejamos bajo un pequeño pirul. Empecé por quitar las hierbas y la tierra que me traje en la cobija y no supe qué decir. Don Samuel se aclaró la voz pero tampoco dijo nada. El galgo tenía la mirada como cuando volaba por las vastas praderas, enfocada en un lugar distante al otro lado del horizonte. Ya no parecía que algo le doliera, era más bien como si una inmensa tranquilidad lo hubiera invadido. Vi que mi mano se ofreció voluntariamente a recorrer la base de su cabeza, la cual era sorprendentemente suave. Al tocarlo abrió el hocico una vez y sopló un poco de aire.

—Tal vez —le dije a don Samuel—, tal vez hay que llevarlo al hospital.

—Eso ya no le hace provecho —me contestó, y con mucho cuidado, sacó la cobija por debajo del perro—. Este perro estaba sólo prestado, ya es hora de que regrese de donde vino.

Me puso el brazo en los hombros y nos fuimos caminando hacia la casa. Su abrazo era rudo, igual al que le daba a su yegua. Cuando pasamos por la casa del profesor vimos a la Patucha, muy alerta, de punta en sus cuatro patas y la cola levantada como si fuera bandera. Se estuvo quieta y con la mirada hacia el jardín de don Samuel. Entonces levantó la cabeza y pegó un aullido muy largo y agudo. Don Samuel, sin ningún temor, se agachó un poco, metió la mano por entre los barrotes del cerco y le dio unas fuertes palmadas en la cabeza. La Patucha volvió a aullar y Don Samuel volvió a darle otras palmadas confortantes con una mano mientras me abrazaba con la otra.

Ese mismo año antes de navidad, murió don Samuel. Mi tía me vistió todo de negro y los dos fuimos al sepelio. Nunca había estado en una funeraria y quedé hipnotizado por lo que vi. Había mucho llanto, gritos y rezos. La hermana de don Samuel vino desde Los Ángeles y se arrojó sobre el féretro, la tuvieron que jalar para que lo dejara. Cuando me llevaron a que viera a don Samuel, el que vistiera ropas que nunca le había visto me llamó más la atención que el hecho de que estuviera muerto. Después de las lluvias los cerros se volvieron a cubrir de verde, luego siguieron las vacaciones en la escuela pero don Samuel ya no vino en las mañanas a despertarme con sus silbidos. Esa fue la primera vez que verdaderamente lo extrañé. Y todavía lo extraño. Todos los años después de las lluvias me acuerdo de don Samuel. Recuerdo la elegante tristeza de la Patucha y el aullido desolado que dio. Hay veces que así quisiera llorar pero no tengo el valor necesario para ello y sólo alcanzo a tararear para mí mismo "Doce cascabeles lleva mi caballo . . . " Pero también hay veces que el Ringas despierta de su pesado sueño y acordándose de mí, emprende la carrera desde su lado en el horizonte y regresa cuando menos lo espero a ofrecerme su sonrisa de perro. Entonces sé que todo está bien, todo está bien, todo está bien otra vez.

Artemio después de muerto

México es un país de hombres tristes y de niños alegres...
Carlos Fuentes

"CRUZAMOS EL RÍO A CABALLO; lo esperábamos con alegría . . . ¡Basta!", se dijo Artemio, "soy uno con mi cuerpo y mi cuerpo está muerto, ya no necesito repetirlo y no entiendo por qué lo hacía tanto antes de morir".

Momentos antes había expirado y durante la transición Artemio alcanzó a ver cómo su cuerpo parecía seguir chupando la dextrosa del tubo intravenoso, jalando el líquido con ruda energía, y cómo su pecho se sacudía irregularmente con los últimos espasmos. La cabeza quedó girada mirando hacia la ventana como buscando descifrar, con ojos abultados y verdosos, alguna clave escondida en los últimos rayos de sol que se filtraban por entre los árboles del hospital. Abajo del vientre se alzaba una especie de carpa: el miembro se veía casi contento a través de la bata, "¿todos morirán así?", se preguntó Artemio. Sonrió satisfecho por no haber optado por la cremación. Le había dejado expresamente dicho en la grabadora al fiel Padilla que se encargara de una tumba completamente sellada y a prueba de humedad.

—No quiero gusanos entrando y saliendo del lugar, con los que conocí en vida tuve suficiente.

Artemio había asumido, como lo hacen en secreto la mayoría de las gentes obsesionadas en acaparar poder y dinero, que su vida era demasiado importante como para que se extinguiera, que viviría más que su esposa Catalina, y aún que su hija Teresa. Durante la Revolución sólo pudo sentir un confiado orgullo ante la sabiduría ciega de su cuerpo para esquivar las balas, un asombro ante la capacidad para defenderse con tenacidad a sí mismo; y, sin embargo, ahí estaba muerto. Artemio bajó flotando para hacer una última inspección: ya no respiraba. Se convenció de que ésta no era una pesadilla. Vio las nuevas facciones que el cambio le imprimió en el rostro y que la cicatriz en la frente ahora se unía a las líneas fijadas por el tiempo alrededor de la boca, todavía enérgica. ¿Y dónde quedaron las luces cegadoras al final del mentado túnel, dónde están los muertos que le precedieron para que le expliquen todos los detalles? Artemio esperaba también que esa nueva realidad no resultara en alguna aventura desagradable. ¿Qué tal si el villista Zagal lo retaba a un nuevo duelo o si el fusilado Gonzalo Bernal le reclamaba su abandono en el muro de Perales? Pero lo que más anhelaba Artemio en esos momentos era que los curas estuvieran equivocados en eso del infierno puesto que no había acumulado su inmensa riqueza a base de obras de caridad y actos de devoción. Consideraba que esas "fantasías" eran tretas publicitarias para vender seguros de vida —eterna— de las religiones trasnacionales. Pero la duda le quedaba de si iba a terminar o no en la parrilla perpetua. Trataba de elegir el peor crimen que hubiera cometido (¡hubo tantas oportunidades en cuarenta años de paz social!) y pensar los argumentos que le sirvieran de defensa. Pero por alguna extraña razón el verse tendido rígidamente sobre la cama le hacía recordar a Regina, la mujer que durante la Revolución había dado su vida para que precisamente ese cuerpo sobreviviera. Regina, con su falda almidonada de percal, siempre lo esperaba en el siguiente pueblo en el sendero de la lucha, y un reflejo involuntario lo estremeció de placer al recordar cuando andaban peleando por la costa. Aquella tarde sobre la roca que se metía al mar, sus dedos, circulando despacio y ascendiendo por los muslos tenuemente pegajosos de Regina, llegaron hasta abajo de la banda elástica y con el índice empezó a enroscar su vello púbico. Extrajo el dedo húmedo y la banda pegó un chasquido, dejándole en la piel un pequeño moretón. Esa misma tarde en el cuarto Artemio lamía despacio esa mancha imitando a los animales en el monte, para después lanzar su lengua como petardo a lo largo de la última curva, buscando la oscuridad más caliente. El calor y la necesidad, como felinos invisibles, les roían las suaves paredes interiores de los muslos y sudando se jalaban uno hacia al otro, escalando con los dedos los peldaños resbalosos de sus costillas. Artemio recordaba cómo las manos de Regina se cerraban en un puño y golpeaban la almohada inconsciente y sin sentido. Recordaba cómo sus cuerpos finalmente se rendían y se apartaban, pringados de sal y arqueados en el último dolor. Recordaba cómo la alegría en esas manos lo contagiaban y le llenaban la carne fatigada de vida nuevamente, de una pasión vigorosa. Deseaba recordar otra cosa, se empeñaba en hacerlo, pero la memoria de su dedo en la banda elástica le producía una turbación embriagante. ¿Cómo era posible que sintiera tanta sensualidad en esas condiciones, acaso sería necrofilia? Pero aunque fuera así, Artemio estaba seguro que sentía esos impulsos precipitándose por su ser. Suspiró, hasta ese momento no había muchos cambios en el Más Acá —aparte de su nueva habilidad para moverse y de ya no sentir ese agudo dolor como de puñal en el estómago— y tan sólo le hacía falta un cigarrillo encendido para sentirse más cómodo, a pesar de ir contra las advertencias médicas. De pronto escuchó unas voces y Artemio se avergonzó como si lo hubieran sorprendido en el acto.

Abajo, dos hombres habían entrado en el cuarto cargando varios maletines. Vestían camisas azules que en la espalda decían "Funeraria Gayosso" y en el pecho llevaban unos letreritos con sus nombres: Eduardo Carrillo y Benjamín Díaz.

—Te voy a enseñar cómo se preparan para que en la próxima te la avientes tú solito —le dijo Carrillo a su compañero.

—¡Buenas tardes! —los saludó Artemio, pero no lo escucharon. Se acercó a Díaz y le dio un coscorrón en la calva, pero éste tan sólo levantó la mano para rascarse.

—¿Por qué mejor no lo arreglamos en la funeraria? —preguntó Díaz.

—Se quedará aquí unas horas más —contestó Carrillo—, porque vendrán a visitarlo personalidades del gobierno, así que nada más le vamos a dar una manita para que se vea presentable. Por lo general únicamente los almacenamos en el hospital.

Un frío intangible hizo que a Artemio le castañearan los dientes al recordar los congeladores de las morgues.

—Lo primero que se hace —explicó Carrillo—, es quitarle las

dentaduras que pudiera tener y se le cierra la boca para que la quijada no se le entuma abierta. Después se le endereza la cabeza sobre la almohada, de otra manera termina con un cachete azul.

Carrillo insertó los dedos en la boca semiabierta, extrajo los dientes, empujó hacia atrás la lengua y le cerró la mandíbula y los ojos. Después tomó la cabeza y la hizo girar. Ésta se quedó donde la puso, como una piedra.

—¿Te fijaste cómo lo jalé de las greñas y cómo tuve cuidado de no tocarle la piel? Lugar que toques, mallugada segura y regañada del jefe.

—Ya se ve muy descolorido —comentó Díaz—, ¿cómo le haces para quitarle lo amarillo? A lo mejor nos echan la culpa.

—El amarillo es más fácil de borrar que el azul. Ya verás: primero lo afeitamos porque los pelos siguen creciendo y cuando terminemos con él será la persona con la apariencia más saludable en todo el hospital.

—¿Y la intravenosa?

—No importa si lo tocas ahí porque nadie se fija en los tobillos de los muertos.

Díaz iba a extraer la aguja pero se quedó mirando, intrigado, el inmenso bulto que se alzaba de en medio de las piernas.

—No se asuste mi Benja —le dijo Carrillo mientras sacaba del maletín un rollo de cinta adhesiva y unas tijeras. Levantó la bata exponiendo así la herencia africana que Artemio recibió de Veracruz y entre los dos la sujetaron con la cinta a lo largo del muslo, provocando con esto una ligera elevación de la rodilla izquierda.

"Menos mal", pensó Artemio. Hasta ese momento no lo había notado, pero vio que una soga de henequén, como la que usaron para colgar a Regina, ataba su nueva naturaleza al cuerpo. Trató de romperla pero parecía más rígida que un tubo de acero. Artemio se sintió atrapado y revoloteó desesperado sobre la cama como si fuera un zopilote enjaulado. "¿Me la voy a pasar aquí haciendo guardia hasta que lo entierren?", se preguntaba con disgusto. "Un miserable fantasma; eso es lo que soy ahora", y por breves momentos dudó de su decisión contra la incineración. "Hmm, tal vez pueda comunicarme en alguna reunión espiritista: 'Hola, Padilla, saludos de parte de José y María'". El verse en un cuarto oscuro con una gitana y dándole golpecitos a la mesa lo hizo sonreír.

Artemio cavilaba tanto en su nueva condición que no advirtió la presencia repentina de una mujer luminosa flotando a su lado. Cuando ésta le tocó el hombro, Artemio exclamó azorado:

—Caray, casi me matas del susto.

—Finalmente has cruzado el río, Artemio. Te esperaba con alegría —dijo la mujer con una voz de orquesta formada por arpas, flautas y violines.

Artemio se hizo a un lado para verla mejor y quedó inmóvil ante el resplandor de ese bello arcángel completamente desnudo. Por lo menos eso creyó ser lo que veía, aunque este arcángel no era ninguno salido de la Biblia. Más bien era el cruce entre una divinidad celestial en el techo de una catedral y un símbolo sensual producto de algún sueño húmedo de Fellini. Su cabello, negro y deslumbrante, le caía en olas profundas hasta los pechos desnudos y su piel rosada capturaba la luminosidad de la perla más pálida. "Tal vez hubo un error", pensó Artemio, "¿se les habrá olvidado que soy ateo y me enviaron a una sección equivocada, a la musulmana quizá?"

—¿Eres el diablo o la muerte? —preguntó Artemio en estado de alerta.

—Artemio, mi alma preciada, ¿no puedes ver que no existe la muerte? Sólo existe el amor, sin forma y eterno. Soy parte de ese amor que te da la bienvenida a esta nueva esencia —esto le sonó a Artemio como sermón del Niño Fidencio y volvió a demandar, esta vez con rudeza militar:

—¿Quién o qué eres?

—Soy la mujer que amaste con cuatro nombres diferentes. Soy tu chingángel —contestó la criatura con una brillante sonrisa.

—¿Mi . . . qué? —balbuceó Artemio confuso.

—Tu chingángel; tu protectora y compañera. Desde que naciste has llevado mi imagen en tu inconsciente. Soy a quien soñabas desnuda. Esa imagen, ahora vuelta realidad, es la que te mantendrá encendido por toda la eternidad.

"¿Encendido?" se preguntó Artemio, "ésta debe ser la mensajera de Satanás". Ella podía escuchar lo que pensaba pues le dijo:

—No existen los castigos ni los dogmas. Las religiones nada significan cuando estamos unidos en el amor —y trató de abrazarlo pero Artemio retrocedió pensando que era una trampa para probarlo con la tentación y a lo mejor lo echaba todo a perder.

—¿Dijiste que la muerte es el lugar del amor sin forma? —preguntó confundido.

—Artemio, espíritu temeroso, no hay reglas para el amor en este lugar. Tú no eres un eunuco marchito ni yo un espíritu célibe y atolondrado.

Artemio la oía con asombro mientras se daba cuenta que él también se encontraba desnudo y con un cuerpo joven, sano, de músculos firmes. Con delicadeza ella lo tomó nuevamente entre sus brazos, dándole pequeños besos en el pecho y mordiscos a su pezón. Cada caricia arrancaba misteriosas luces pulsantes a su alrededor. "Tal vez", pensó Artemio, "este conocimiento se encuentra oculto en algún códice azteca y al que sólo tienen acceso los brujos tocados por el relámpago".

—Aquieta tu mente, Artemio. Deja ir todas esas preguntas. Sé únicamente aquí, conmigo, en este momento. Dibuja con las manos tus memorias en mi cuerpo. Este instante es todo lo que existe, es el único que cuenta.

Artemio sintió entonces la embestida de unos labios presionando sobre los suyos y una suave lengua como lanza urgando profundo en su boca. Nada en su vida terrena se comparaba a la sensación de fuego que siguió y que les fundía brazos a espaldas, los muslos a las piernas. Estaban rodeados de estrellas candentes que danzaban como pequeñas lumbres y que los prendían por dentro. Ella logró desprender sus manos y atrapar ese tronco danzante para meterlo a la hoguera, atizando aún más la calcinación. En medio del incendio, Artemio sintió que una misma explosión los sacudía como una erupción volcánica, disolviéndose en incesantes contracciones sísmicas y flujos de lava.

Abajo, los hombres continuaban su trabajo, indiferentes a esos seres que, sin darse tregua, tomaban las más intrincadas y exóticas posturas que la ingravidez les permitía. "Ésta debe ser la dicha 'indescriptible' de la que hablaban las monjas", se dijo Artemio. "De haberlo sabido, no paso mitad de la vida cuidándome de no morir", y escuchó una voz interna, hasta entonces desconocida, que le murmuraba "nada en especial, Artemio, nada". La voz lo repetía una y otra vez como si fuera el canto de un chamán, mientras que él admiraba las luces deslumbrantes que vibraban a su alrededor cada vez que se tocaban.

Al poco tiempo Catalina y Teresa ingresaron en el cuarto, pues deseaban inspeccionar los restos antes de su exhibición. Al verlas, Artemio se desprendió del chingángel y bajó hasta ponerse a un lado de Catalina.

—Creo, señoras, que estarán satisfechas —les dijo Carrillo al momento de bajar, con toda solemnidad, la sábana que cubría la cara y los brazos sobre el pecho.

Catalina sintió al instante un yugo en el estómago, igual al que sufrió cuando le avisaron que habían fusilado a Gonzalo, su hermano.

—Se ve muy bien —alcanzó a decir Catalina—. Han hecho un trabajo excelente. ¿Verdad, Teresita? —Artemio asintió, pues incluso le habían borrado la cicatriz en la frente. Teresa entonces se dirigió a Carrillo:

—¿Por qué tuvo que ponerle esa sonrisa tan absurda en la cara? ¡No tiene por qué estar tan alegre! —y entre sollozos, casi gritando, continuó—, ¡hasta en la muerte se tiene que burlar de nosotras, como siempre, como siempre!

—¿No les gusta? —preguntó Díaz, ligeramente turbado, y con los ojos solicitó una respuesta de Catalina.

—Si a Teresita no le gusta —dijo Catalina—, pues sería mejor que se la cambien.

—¿Que se la cambien, Mamá? ¡Cómo crees que se puede cambiar algo así!

Teresa sacó la polvera del bolso, de pronto dejó de llorar, se arregló la nariz y enseguida volvió a lloriquear.

Carrillo, muy serio, se acercó al cuerpo. Con el dedo meñique de la mano derecha bajó una de las comisuras de la boca, la cual respondió como si fuera de arcilla, suave y manuable. Después metió el dedo en la otra esquina y también la bajó. Se hizo hacia atrás.

—¿Y ahora, qué les parece? —preguntó Carrillo.

—¿Se ve mejor? —Catalina preguntó a su vez, expectante, a Teresa.

—Señoras, podemos hacer lo que gusten con la boca —dijo Carrillo levantando con aplomo su dedo.

Teresa ya no pudo disimular más ese sentimiento de engaño que aún le causaba su padre y llorando salió del cuarto, seguida por Díaz y Carrillo. Artemio alcanzó a oírla decir:

—¡Es capaz de estar haciéndose el muerto, con tal de mortificarnos a nosotras!

Catalina, con un aspecto extraviado, los vio alejarse. Después se acercó a la orilla de la cama y rozó la mano helada con la suya. "Qué inútil caricia", le dijo Artemio, como si ella lo pudiera oír. "Qué inútil, Catalina. ¿Qué vas a decirme? Deberías ser fiel a lo que siempre fuiste; fiel hasta el fin. Aprende de tu hija". Artemio podía sentir esa mano que lo acariciaba y quería desprenderse de su tacto, pero carecía de un cuerpo que lo obedeciera. Catalina, de una manera inconsciente aunque obstinada, empujó varias veces la rodilla tratando de enderezarla pero ésta se volvía a erguir. Frustrada, Catalina de pronto se arrojó sobre el difunto, su espalda subiendo y bajando con el llanto, y le besó la cara rígida, parecía que se alzaba sobre las puntas de los pies.

—Ay, Artemio —se quejó entre sollozos—, yo te quise, nunca te lo dije porque no me atreví a pronunciar estas palabras. Jamás renunciaré a ti, Artemio, nunca, aunque te mueras.

Artemio, sorprendido, se sentó al otro lado de la cama y la vio a los ojos.

—No te mueras, no me dejes, perdóname Artemio. Ya ni recuerdo las razones de mi rencor —Catalina también se sentó y tomó la mano fría y encerada—. Sí me acuerdo, pero qué importan ahora que te vas. ¿Por qué no te acepté como eras, con tus culpas, por qué te odié? Por favor regresa, no me abandones, no te mueras.

Artemio trató de decirle que se encontraba bien, que si miraba hacia al frente lo podía ver, pero ella tan sólo siguió llorando calladamente por unos minutos más. Finalmente se levantó y se dirigió hacia la puerta viéndose tan afligida que Artemio trató de seguirla, pero no pudo ir muy lejos.

Esa confesión produjo en Artemio una extraña amargura. La tristeza en Catalina lo había obligado a verla diferente. "Es la Catalina que conocí al principio, es otra vez la mujer que mi orgullo destruyó". Sentada frente a él, ella compartió al fin y sin reproches en su mirada ese sentimiento de amor que él también sentía por ella. ¿Por qué no se lo dijeron?

—¿Sería posible regresar? —preguntó Artemio a su nueva compañera—, tan sólo para decírselo.

—Puedes regresar, Artemio, si lo deseas, pero ya no sería igual.

—Necesito regresar para romper el silencio en que la dejé. Ella no puede vivir así.

Alguien desconocido había reemplazado al cruel Artemio y hablaba por él. Artemio lo sentía pero no podía precisarlo.

—Tendrías que volver a nacer y eso bastaría para que toda huella de Artemio se borrara de tu memoria.

—Exijo volver. No hubo tiempo para las últimas palabras. No hubo tiempo para decirle tantas cosas del amor que le tuve.

—Artemio, tu nueva esencia es una memoria intacta del deseo satisfecho; es el repetir los recuerdos.

Artemio vio que ella se transformaba en la cara y el cuerpo de Regina, vestida en su falda almidonada, y volvió a percibir la dulce fragancia de su húmeda cabellera.

—Me adelanté al siguiente pueblo, Artemio. Descansa de la lucha, reclínate sobre mi cuerpo como si fuera un árbol, duerme bajo mi sombra como aquella vez sobre la roca. Ya nunca será demasiado tarde.

Artemio cerró sus ojos y se apartó lo más que pudo. Desesperado, trató de romper la soga que todavía lo sujetaba mientras decía con angustia:

—Necesito regresar, Regina, mi amor, cambia otra vez tu vida por la mía. Regina, muérete de nuevo para que yo sobreviva, para que yo vuelva a nacer. ¡Quiero regresar aunque Artemio tenga que morir! ¡Quiero volver!

Regina se mantuvo a su lado, en silencio, hasta que Artemio dejó de moverse y temblar. Ella después tomó la soga y la cortó con las uñas y los dientes, entregándole el cabo suelto. —Busca donde continuar tus batallas. Empezarás con las manos en blanco: sin líneas de vida o fortuna, de amor o abandono.

Artemio miró el manojo de hebras irregulares como si sostuviera una criatura entre las manos. "No me iré a la revolución en el norte, me uniré a la del sur. Voy a renacer para temerle a la locura, para oler el hambre y tocar el desamparo . . . perderás este secreto cuando tus ojos vean la luz del sol filtrándose por entre los árboles . . . Encarnaré al mismo tiempo el bien y el mal, promesas de amor y de odio, de amistad y de olvido . . . no serás Artemio, el único . . . seré peón, herrero, mariachi, ilegal . . . no usarás trajes azules, ni corbatas de seda, no recordarás . . . buscaré nuevas memorias . . . cruzarás el río sin origen ni fin en el tiempo . . . cruzaré ese río cruzado de brazos para que me arrastren las corrientes del caos . . . te esperaré con alegría en el siguiente pueblo . . . ¿pero quién sabe cómo ocurrió la creación? . . . llevaré tu imagen conmigo . . . los mismos dioses son posteriores a la creación . . . río, naceremos . . . ¿quién puede saber de dónde surgió todo? . . . alegría . . . naceré . . ."

México es un país de hombres tristes y de niños alegres dijo Ángel mi Padre (22 años) en el instante de crearme. Antes mi madre Ángeles (menos de 30 años) había suspirado: "océano origen de los dioses" . . . ¿Cómo le pondremos al niño? . . . Cristóbal . . . yo, único, Cristóbal Nonato.

Priority Mail

EL TIEMPO SE INVENTÓ PARA QUE las cosas no sucedan en la misma fracción de segundo, pero esto no evitó que al doctor Enrique Ruelas todos los desastres le llegaran juntos en el mismo día.

Esa noche los centros de investigación que Enrique había contratado finalmente le iban a entregar los resultados de sus estudios. Enrique analizaba con gran atención, en la oficina que tenía en su casa, las gráficas producidas por el Cray Supercomputer Center de Minnesota que llegaban en ese momento a la pantalla de su computadora por la Internet. En el monitor de 48 pulgadas aparecía una gran cortina que semejaba a la muralla china, con flechas rojas de diferentes tamaños presionando la pared en diversos puntos y direcciones. La cámara virtual recorría esa muralla de derecha a izquierda y a medida que lo hacía las flechas rojas iban cambiando a verdes. Al final del recorrido todas eran verdes.

—¡Perfecto! —exclamó Enrique irguiéndose de la silla y sujetando el monitor con las manos. Se disponía a imprimir el resumen de fuerzas de contención cuando escuchó el indicador sónico y la pantalla centelleó el aviso "Priority Mail", indicándole que estaba recibiendo correo electrónico de la oficina central o de su esposa, lo cual le pareció muy extraño a esas horas de la noche. En ese momento descubrió que precisamente su esposa se encontraba a un lado. Ella se acercó un poco más y le dijo que quería el divorcio. Su anuncio fue dirigido obviamente a Enrique, pero prefirió dar la cara a la pantalla. Su voz se oía delgada, quebradiza, vagamente irreal, como si saliera del mismo micrófono de donde venían los "bips" de la computadora. Con un click del ratón Enrique dividió la pantalla en dos secciones y en una de ellas abrió el correo. Lo que leyó le pareció increíble.

—¿Me vas a poner atención? —le preguntó su esposa todavía viendo hacia la pantalla.

—Sí —contestó Enrique, pasmado con el mensaje—. ¿Qué? —preguntó.

—Dije que se acabó, que lo nuestro murió —las líneas en su cara se acentuaron, subrayando el mensaje.

Enrique volteó a verla: ella se encontraba cruzada de brazos y esto le daba a sus menudos senos un aspecto sólido y cuadrado. Su postura la hacía parecer más pequeña, tensa e insegura. Tenía un estrecho mentón salido y los delgados labios apretados. La rápida sucesión de alarmas sónicas indicaba la llegada de una gran cantidad de mensajes, y esto provocaba que las líneas luminosas se empujaran unas a otras hasta desaparecer por la parte superior de la pantalla.

—¿Qué? —volvió a preguntar Enrique.

—Nunca me escuchas —dijo ella moviendo la cabeza—. Te digo que nos vamos a separar —se lo dijo como si fuera un tema que ya le hubiera repetido cientos de veces. Sus ojos no carecían de tristeza, pero parecían ver con curiosidad lo que sucedía en la pantalla.

Enrique se pasó los dedos por el cabello escaso, abrió la boca, la cerró.

—¿Cuándo? —finalmente le preguntó.

En alguna parte del camino Enrique había decidido que era más fácil concederle a su esposa el punto en cuestión en lugar de discutirlo, en darle libremente todo lo que ella decía que quería. Se sentía orgulloso, inclusive, de poder conversar con su esposa mientras que él pensaba en algo diferente. También había descubierto que esa misma concentración le servía igualmente de protección.

Ella respondió a su última pregunta con una voz aguda y apretada:

—Tan pronto como sea posible.

—¿Por qué? —titubeó Enrique al preguntar.

—Estoy cansada, ya no puedo soportarlo más —dijo, mientras alzaba la mano para apoyarse en el monitor, mirándole entonces a la cara.

Enrique de pronto se sintió mareado. Fijó los ojos en la pantalla, tratando de darle algún sentido a la confusa información que estaba recibiendo.

—¡¿Oíste lo que te dije?! —la voz a su lado le preguntó.

—Sí, estás cansada —se oyó Enrique a sí mismo decir—. ¿Por qué no te vas a dormir y mañana hablamos?

Toda la noche Enrique siguió recibiendo noticias por la red electrónica. Los acontecimientos eran tan desconcertantes que había olvidado que la máquina fax llevaba varias horas imprimiendo el reporte enviado por el Instituto Scripps de Oceanografía. El informe incluía detalles de orografía, de corrientes marinas y un minucioso resumen de los grandes beneficios a la flora y fauna regionales debidos al Proyecto Cañón de Cortés.

Ya por la mañana, su esposa entró a la oficina y le puso enfrente los periódicos que se imprimían directamente en los teletipos que tenían en el sótano de la casa. En esta ocasión sólo habían periódicos extranjeros, aunque sus encabezados confirmaban la información original:

```
Un alzamiento armado estalla simultáneamente
en varios lugares y se extiende al resto del
país. La capital se encuentra en estado de
sitio, amagada por las fuerzas rebeldes. Los
sublevados se hacen fuertes en el sur y las
costas del país...El presidente salió anoche
temiendo la defección de varias divisiones del
ejército...
```

Enrique notó que aún no se reportaban movimientos armados en el Noroeste del país. Su esposa movía la cabeza y no decía nada, sólo miraba por encima del monitor hacia la ventana, concentrada en algo que él no alcanzaba a ver. Lo que sí reconoció Enrique fue la preocupación reflejada en su cara, aunque ella por lo general aceptaba cualquier noticia con extrema calma. Así era la fuerza de su carácter; controlaba los percances en la vida de la misma manera que a los chicos en su jardín de niños: con eficiencia y hasta cierto desdén. Enrique dobló los impresos con cuidado.

—¿Y ahora, qué hacemos? —preguntó Enrique—, todo se viene abajo. ¿Lo aceptamos así nada más o qué?

Ella guardó silencio por unos momentos. "La suya será una visión fatalista, inflexible", pensó Enrique. No había convivido con esa mujer por 25 años sin llegar a conocer sus reacciones, así que su respuesta no iba a sorprenderlo.

—Se acabó —dijo ella—, no hay nada que podamos hacer para salvar lo nuestro —y salió de la oficina caminando con tanta determinación que sus pies dejaban impresiones en la alfombra. Después subió los escalones al segundo piso. Enrique no relajó los músculos del cuello hasta que escuchó la puerta de la recámara abrir, rechinar y cerrarse de nuevo con fuerza.

A los pocos minutos, Enrique recibió por el celular la llamada de Godínez, su jefe de ingenieros en la división de Estudios Especiales.

—Doctor —dijo Godínez—, el ministro de Qatar ha suspendido la firma del protocolo financiero hasta que se normalice la situación, parece que desea renegociar el precio del agua con el nuevo gobierno.

—Diles que el nuevo gobierno, si es que resulta musulmán, se las va a regalar —contestó Enrique, imaginándose la cara hinchada de Godínez por los tragos que necesitó tomarse para agarrar valor antes de hablarle.

—Dispense, doctor, no le entiendo.

—Pero si todo se acabó —dijo Enrique sonriendo amargamente—, ¿no se ha dado cuenta de lo que pasa? Ya nada importa.

—No todas son malas noticias, doctor: la sociedad protectora de cetáceos decidió darnos su apoyo. Me atreví a enviarle el reporte por el modem, está en su computadora bajo el archivo "Ballenas". Recuerde que ellos, aparte de los tejanos, eran quienes más se oponían al proyecto. En cuanto a las turbinas, los japoneses proponen usar pelters de ciclo combinado para la generación eléctrica . . .

—Gracias Godínez —lo interrumpió Enrique—, y cuídese, hay gentes que piensan que somos del gobierno, del antiguo gobierno.

Colgó sin pronunciar otra palabra. En ese momento aparecían en la pantalla varias montañas, un extenso cañón y grandes lagunas conectadas por una compleja red de canales. Fue su esposa quien primero le dio la idea del proyecto cuando los dos hicieron un viaje de paseo al Gran Cañón del Colorado. "¿Por qué no haces uno así de grandote en México?" le preguntó maravillada. Este comentario, más bien en broma, le hizo a Enrique recapacitar que el sistema geológico del Gran Cañón era el mismo que el del Mar de Cortés. ¿Por qué no domesticar el golfo con una presa, como si fuera un río muy ancho?

Al principio la idea sonó descabellada, pero técnicamente no presentaba una complejidad mayor que la construcción de la presa de Itaipú o el control de flujos en los Grandes Lagos. El concepto le fascinó tanto que se atrevió a desarrollar los principios básicos de investigación en su disertación doctoral —sus profesores en Berkeley juzgaron el diseño como "académico" aunque no dejaron de elogiar las teorías originales que proponía. La parte esencial del proyecto consistía en una cortina de contención dividida en tres secciones y usos: de la costa de Sonora a la Isla Tiburón para la producción de agua potable y granjas pesqueras; de la Isla Tiburón a la del Ángel de la Guarda, dedicada al tránsito marítimo; y del Ángel a la península, destinada a la producción de energía eléctrica, con una capacidad de 50 gigawatts y suficientes para suministrar el doble de las necesidades del país. Habría que drenar la parte superior del golfo, sin embargo el cañón así formado también ofrecía posibilidades económicas debidas al atractivo turístico. Con un poco de suerte y hasta podrían descubrirse los restos de antiguas carabelas en el fondo del cañón, en torno a las cuales se podrían construir hoteles de lujo. Después de años resolviendo complejos problemas de ingeniería y de numerosos reconocimientos por sus diseños hidráulicos, varios miembros del gobierno invitaron al doctor Ruelas a desarrollar seriamente el proyecto, ofreciéndole todos los recursos necesarios. Durante los últimos siete años había dirigido a su equipo de ingenieros y asesores internacionales en la detallada planeación, considerando las más diversas variables y buscando soluciones globales. La etapa de cálculos terminaba exitosamente y se encontraba todo listo para que la construcción arrancara. Pero esa noche también llegaba a su fin el universo lógico y ordenado que había conocido el país, el sistema ideal donde todos los resultados eran conocidos y las respuestas siempre eran las correctas.

Enrique leía los últimos informes con el cuerpo aún más doblado que de costumbre cuando escuchó a su esposa darle vueltas a la casa en el segundo piso: abría y cerraba puertas, los cajones crujían, ganchos de la ropa caían al suelo. Enrique movió la cabeza fascinado. Uno de los sistemas políticos más estables del siglo se encontraba al borde del caos y su esposa se ponía a limpiar la casa. Sonrió. Siempre tan serena y constante, con un fuerte sentido del deber y atención a lo esencial. Éstos eran atributos que Enrique había admirado en su esposa desde la primera vez que se conocieron, y que él registraba como su manera de darle aliento y apoyo.

La mañana se fue rápida. Enrique decidió activar el sintetizador de voz y video en la computadora para así recibir noticias en tiempo real, y cambió la conexión a satélite porque las líneas telefónicas ya estaban bloqueadas. Se enteró que los jefes del Partido Oficial habían emprendido la huida a Florida, muy extrañados de que su reinado no fuera eterno, mientras que los conservadores solicitaban la intervención de las Naciones Unidas para terminar con la guerra civil. Un sociólogo de la Universidad Nacional explicó que esto era un fenómeno natural que se repetía en ciclos regulares. Otro experto aseguró que se debía a la miseria de millones de oprimidos para los cuales la única esperanza era la lucha armada. ¿Quién tenía la razón? La opinión de uno valía tanto como la de otro. ¿Quién sabía la verdad? Enrique se preguntaba: ¿qué significado tenía esa conmoción que venía a demoler lo que tantos años le había llevado concebir? Tal vez nada tenga sentido en la vida, pensó, será que nunca encontramos lo que andamos buscando o alcanzamos a comprenderlo perfectamente. Los destinos han de ser también metas a las que tampoco llegamos: amor, cielo, hogar, infierno, familia. Tal vez todas sean meras ideas que inventamos para protegernos de la brevedad de la vida misma y jamás llegamos a ninguna parte, excepto a la muerte. Pero éstas no son excusas para renunciar a la vida sino razones para disfrutarla y apreciarla más. Un ingeniero jamás debe perder su sistema de referencias, así sea en una cápsula espacial, durante un terremoto o en medio de la revolución. Enrique sintió que una parte de su existencia, como la del país, terminaba en esos momentos, pero otra, igual de importante, se iniciaba. Despertarse cada mañana y hacer el mejor esfuerzo posible es lo que más podemos esperar, lo único, de la vida. Enrique pensó que su esposa tenía razón al ponerse a limpiar la casa, "no hay nada que podamos hacer más que seguir adelante sin tristeza, sin desesperación, sin urgencia".

Tiempo después, la puerta de la oficina se abrió y ella apareció enmarcada por la luz del sol que le otorgaba una pulida aureola plateada. Su garganta la tenía inundada de mucosidad y sus ojos brillaban como piedras en un arroyo. Enrique puso a un lado el tablero de la computadora y esperó a que ella se tranquilizara. Tampoco le ayudó a encontrar las palabras que buscaba.

—¿Qué piensas hacer sobre este desastre? —alcanzó a preguntarle su esposa.

Enrique se enderezó un poco en la silla y le sonrió:

—Nada. Trato de tomar las cosas con calma, me imagino que como tú.

—¿Pero es que no te sientes abandonado, repudiado?

—Un poco, no es fácil trabajar toda la vida en algo que quieres, esperando a que todo siga igual, y de pronto, zas, eso que tomas como seguro, termina.

Ella se mordía el labio inferior y estaba al borde de las lágrimas.

—Perdón . . . —le dijo tratando de que se encontraran sus miradas, pero Enrique la cortó.

—Mira, puesto que no hay nada que podamos hacer, tampoco tiene sentido seguir dándole vueltas —y procedió a imprimir el último informe en la Internet: todos los estados, excepto Baja California, se encontraban en poder de los rebeldes.

—Me duele que esto termine así de imprevisto —dijo su esposa—, sé que esta ruptura te vino de golpe.

—Un golpe, sí —repitió Enrique, y fijándose nuevamente en la otra sección de la pantalla sonrió con malicia al ver los avances en el Proyecto Cañón de Cortés. Un consorcio sueco le enviaba el mapa con las líneas de transmisión submarina y mostraba que los flujos eléctricos podían llegar sin dificultad hasta Canadá y Centroamérica. Ésta era la razón por la cual las compañías tejanas se oponían tenazmente al proyecto ya que esto derrumbaba sus planes de construir gasoductos por todo el continente.

—¡Un merecido golpe para los tejanos! —exclamó Enrique.

—¡Te estoy hablando! —dijo ella agarrándolo con fuerza del brazo—. ¿Qué no entiendes?

Enrique apartó la mirada del monitor y la observó sorprendido por la urgencia que de pronto tenía. Pero las figuras en la pantalla cambiaban en ese momento y ya no pudo verla más. Ella alzó lentamente sus manos hasta tocarse la frente, lo vio a través de los dedos como si fueran una jaula, y murmuró algo con voz quejumbrosa. Enseguida tomó la computadora portátil, el celular y salió rumbo a la cocina. Al minuto apareció nuevamente el aviso de la internet "Priority Mail" y esta vez Enrique sabía que el mensaje no podía venir de la capital. Abrió el correo y leyó:

```
Estimado Doctor:
    Me veo forzada a usar este medio porque
    hablas de lo nuestro como si fueras en un
    taxi del cual te puedes bajar en la esquina
    si te da la gana. Quiero que sepas que esto
    no lo decidí de un día para otro o que se
    debe a un pequeño desacuerdo. Lo he pensa-
    do por varios años, pero siempre tuve la
    esperanza de que las cosas mejoraran.
```

Lo primero que Enrique advirtió fueron los golpes que los dedos de su esposa daban al teclear con fuerza en su computadora. Pero también podía escuchar las palabras que ella pronunciaba al ir escribiendo, y leer esas palabras en la pantalla al mismo tiempo. Había un desdoblamiento de sonido y mensaje, de una voz y su equivalente exacto en el cyberespacio.

Creo que no estoy siendo justa contigo, pero
ya no puedo seguir, lo nuestro se acabó, es
todo, terminó. Sólo dime que entiendes el por
qué lo estoy haciendo.

Sus dos esposas iban al unísono, en perfecta coordinación, aunque representaban personas muy distintas: la esposa en la cocina, discreta con sus problemas y siempre junto a él; y la esposa con domicilio electrónico @cortés.edu.mex, voluble y hasta melodramática.

Enrique les envió la pregunta:

¿Haciendo qué cosa?

La respuesta fue:

¡IRME! Me llevo al gato porque eres capaz de
matarlo de hambre, pero de lo demás no quiero
nada. Podemos trabajar en los detalles del
divorcio más tarde, por lo que a mí respec-
ta te digo adiós y deseo que te vaya bien.
Las maletas las tengo listas, estoy en espera
de que llegue por mí la camioneta del jardín
de niños.

El corazón de Enrique se aceleró cuando escuchó los sollozos. Le llevó tiempo absorber el significado de las palabras en el último mensaje, trataba de entender lo que decían, comprender que su esposa se marchaba. Se frotó la cara con las dos manos y escribió apresuradamente en la Internet:

¿Podríamos seguir hablando de esto, serviría
de algo?

En la rigidez del silencio que siguió no había nada por hacer más que contemplar, reflejados en la pantalla, los ojos de un niño, alarmados de encontrarse en la cara de un adulto. Su expresión recordaba la de alguien que acabara de despertar y que no podía deducir exactamente en dónde se encontraba. Sólo había ocho metros de distancia entre los dos, podía recorrer el pasillo y entrar en la cocina, pero le impedía cualquier movimiento su total obsesión en contestar los mensajes que @cortés.edu.mex le enviara. Enrique podía sentir la soledad acercándose, el vacío rodeándolo. Al tocarlo su esposa en el hombro, Enrique se dio la vuelta con todo el cuerpo en tensión, sus labios se entreabrieron jalando una bocanada de aire. Pero sus ojos, sus ojos no estaban seguros qué pensar.

La frialdad que todos llevamos

PAPÁ ME ENSEÑÓ EL OFICIO de carpintería pero, desde que se murió, trabajo como cajera en un restaurante. Durante mi turno no hay mucho que hacer. Sin embargo, lo hay suficiente para no pasármela todo el tiempo leyendo, así que mato el ocio mirando hacia la calle donde a cada rato se comete un crimen. Por eso siempre la traigo conmigo aunque todavía no la he usado con nadie porque no soy gente mala y nunca he pensado en matar a nadie. Sólo la cargo para protegerme de estos locos en la calle porque ésta se ha convertido en una ciudad muy violenta.

El momento en el que supe que la necesitaba fue cuando a un señor lo tumbó un bruto de un golpe en la cara, pateándolo salvajemente por todo el cuerpo. Eso pasó mientras el señor esperaba el camión enfrente del restaurante. El animal después se subió al camión como si nada hubiera sucedido; pero de alguna manera el intenso tráfico impidió que el camión avanzara. El viejito, todo sangrado, se sentó en la banqueta por un breve momento. De pronto se levantó, y corrió a alcanzar al camión y al subirse empezó a disparar. No tenía buena puntería, —él mismo después me explicó que por lo mareado— pero al fin se las arregló para darle varios tiros a su torturador, provocando un gran alivio en los demás pasajeros. Cuando el viejito se bajó del camión, yo me le acerqué con una cubeta con agua, hielos y varios manteles para limpiarle las heridas. Al igual que en ocasiones anteriores, pude ver la cara pálida del dueño mirándome desde el restaurante y a los meseros atrás de él como si estuvieran observando la ejecución de un salto peligroso en el circo. Al bruto, el chofer lo sacó del camión con la frialdad de quien hace ésto todos los días. Éste después siguió su ruta, con el camión completamente vacío. Tampoco me extrañó ver a la ambulancia llegar primero que la autoridad, trasladando rápidamente a don Manuel al Hospital General. Al bruto no lo quisieron ni tocar hasta que no lo aprobara la policía. De todos los crímenes que he visto, éste era mi primer muerto y aunque se veía igual que en decenas de fotografías que salen en las revistas —el refugiado harapiento tirado a la orilla del camino— la escena no podía ser más original. Estaba de lado, con la cabeza ensangrentada y los pantalones desgarrados por las botellas que traía en las bolsas. Aparte de verse muy sorprendido, tenía el rostro de un hombre que trataba de ignorar los gritos de la calle y de ignorar su miseria con la resignación de un caballo que sabe que su muerte es el menor de los males. Aunque no tenía ningún sentido, era sólo una rutina inútil, le busqué el pulso con la certeza de que estaba muerto. Alguien preguntó si yo era enfermera.

—Es que la María es muy metiche —contestó otro con voz de corneta destemplada. No sé por qué me di la vuelta a verlo ya que mi nombre es Lupe. Era un sujeto medio calvo de sonrisa burlona que me puso muy nerviosa al mirarme intensamente por largo rato mientras dirigía el tránsito alrededor del muerto. Creyéndose el guardia del bruto, intentó mover el cuerpo hacia una orilla, según él para agilizar la circulación.

—¡Déjelo ahí! —le grité, jalándolo de la chamarra, tal vez con más fuerza de la que él esperaba porque se vio desconcertado, ahora tan sólo con el inicio de una sonrisa y con unos ojos saltados. Después de esto, al bruto nadie lo volvió a revisar y me preguntaba si no había sido demasiado rápida en asumirlo muerto. Un acuerdo se había formado entre los presentes de manera que era al bruto al que había que culpar por su propia muerte. Al cabo de un rato llegaron unos oficiales indiferentes. Con sus caras entrenadas a parecer neutrales, hicieron sus dos o tres preguntas de rutina, escribieron algunas notas en sus cuadernitos y subiendo el cuerpo a la patrulla, se fueron. Dado que esto sucedió en la tarde y en un lugar público, me di cuenta que no estaba segura en ninguna parte. Por muchos días, el estómago me hormigueaba y apretaba los puños cuando oía pasos cerca. Constantemente tensaba todo el cuerpo, sobre todo cuando tenía que pasar junto a alguien en la calle. Esta inquietud llegó a un nivel intolerable con la desaparición de Coral, lo que hacía el terror aún más cercano. De ella, la más jovencita de las meseras, no supimos por mucho tiempo, hasta que leímos en el *Baja California* que habitantes de Temax encontraron su cuerpo en un basurero en estado avanzado de descomposición.

Tiempo después vino don Manuel al trabajo a darme las gracias por haberlo ayudado. Yo lo suponía en la cárcel pero me dijo que la policía nunca lo interrogó. Me preguntó si sabía de otra persona que hubiera salido herida porque —no tiene nada de malo usar la matona. Con tal que le pegues a la persona que se lo merece —dijo. Le respondí que nadie más había salido herido aparte del muerto. También le dije que no me parecía muy moral esa manera de pensar.

—Pero señorita, si se vive en estos tiempos y en esta ciudad, tiene uno bastante de qué enojarse, nomás míreme —me hizo notar una cicatriz roja a lo largo de la mejilla.

—¿No le parece una locura tomar la ley en sus propias manos? —le pregunté.

—Señorita, olvídese de los tribunales, olvídese de la justicia. A esos criminales nunca los meten a la cárcel, viven como reyes, con todas las drogas que necesitan. Es mejor mandarlos al carajo y asunto terminado.

Me resistía a aceptar la idea de que la mejor defensa contra la violencia era unírsele a ella. Don Manuel notó mi consternación porque me dijo, —Mire, al igual que usted, yo también a veces hablo con la cabeza fría que pide justicia, pero cuando me senté en la banqueta con la cabeza rota, mi corazón pedía venganza. —Le pregunté si seguido iba armado— Siempre, si hasta los astronautas del Apolo 11 bajaron a la luna armados, por si acaso —respondió al mismo tiempo que discretamente me mostró una Browning de doble acción, que dijo poseer desde la Revolución Cristera. La verdad es que de un tiempo para acá y después de asimilar lo que don Manuel me dijo, ya no me molesta que los delincuentes y las balas se encuentren.

Aquí la única manera de conseguir una es a través de los policías estatales, pero éstos son tan corruptos que primero te la venden bien cara, después te arrestan porque la traes sin permiso y la vuelven a vender. A veces pienso que es de los policías de quien necesito más protección. No es necesario lidiar con estos delincuentes con charola, ya que es una suerte vivir cerca de lugares donde se puede ir libremente a las tiendas a comprar una. Tal vez el lugar más conveniente es la ferretería M & M. Está en el San Ysidro Boulevard, a un lado de la Longs. El problema que tuve cuando fui por primera vez es que había tantas de dónde escoger que se me hizo muy difícil la selección, sin saber nada de estas cosas. Al poco tiempo descubrí una escuela de tiro, también a unas cuadras de la frontera, donde obtuve mi certificado al cumplir con 45 horas de práctica y lecciones personales. Tuve un instructor excelente que me enseñó multitud de detalles. Por ejemplo, ahora sé que la defensa perfecta debe ser fácil de esconder, a la vez que lo suficientemente poderosa como para tumbar a un burro al instante. También debe ser capaz de fuego rápido, sin desperdicio excesivo de municiones valiosas. Con el fin de encontrar la que más se adaptara a mi personalidad, fui a otro lugar que el instructor me recomendó en donde rentan cualquier modelo. Ahí practiqué tiro al blanco con la Colt de cachas de marfil y con la poderosa Magnum de cañón de 14 pulgadas, capaz de perforar el motor de un carro, entre otras. La Beretta italiana me pareció de estilo fino, delicado, muy liviana y precisa. Para probar la Luger aristócrata tuve que hacer reservaciones por dos semanas, pero valió la pena porque es toda una obra de arte. La Glock 17 me interesó muchísimo porque es prácticamente de plástico, lo cual es muy útil pues evita la acción de los detectores de metales. Además, se puede esconder muy bien ya que mide sólo siete pulgadas y pesa 800 gramos con todo y cargador de 17 cartuchos. Lo malo es que nada más la ofrecen para uso con mano derecha.

Una vez que hice mi decisión regresé a la ferretería. Este sitio repleto de cerruchos y martillos, me hizo recordar cuando Papá me regaló un utensilio especial que yo guardaba en su taller en el cajón de los fierros rotos. Cuando ocupaba una herramienta me iba corriendo a ese cajón a escarbar entre trampas para los ratones, manojos de tornillos y pedazos de alambre. Lo que buscaba era un machete gris, viejo, sin filo, pero que tenía la empuñadura tan pesada como una roca y la hoja del tamaño de la defensa de un carro. Mamá le decía "el cuchillo de la mantequilla"; si eso es que lo era sería para mesa de vikingos. Si la ventana de mi cuarto estaba atrancada, metía la navaja entre el barrote y el marco. Descarapelando pintura, haciendo hendiduras permanentes en la madera, tronando y retorciéndose, la ventana se habría. Cuando había que abrir los paquetes con los regalos de navidad o desenterrar lombrices en el jardín, iba directo por el machete. Era mi única y máxima arma dispuesta a enfrentar cualquier desafío o enigma que de pronto apareciera. No había problema o ángulo demasiado difícil. Me servía de martillo, abrelatas, cascanueces y a escondidas de Mamá, lo usaba para cortar rebanadas de sandía. Años después Papá me enseñó la noción de que hay que usar la herramienta correcta para cada trabajo. Ahora lo veo como una revelación. No me había dado cuenta de las limitaciones que siempre he tenido, así que acordándome de los consejos que Papá me daba en el taller, me decidí por la Walther Modelo P-88, de 9 milímetros y descendiente directa de la Luger. Es de color azul con cargador de 15 cartuchos, pesa dos libras, mide menos de siete pulgadas y tiene la gran ventaja de que es de uso ambidiestro. En las prácticas, inmediatamente noté su extrema precisión, estabilidad y alto poder de fuego. El diseño la hace muy compacta, cómoda para cualquier mano, volviéndose una sola pieza conmigo, como si fuera una extensión de mi brazo. La única desventaja que tiene, pequeña por cierto, es que requiere de municiones de la mejor calidad —de preferencia parabellum, con una velocidad de 1,155 metros por segundo y energía al impacto de 341 libras. También el precio de 1,240 dólares fue algo inquietante, pero creo que Papá estaría orgulloso de mi nueva herramienta.

Otra cosa que Papá me repetía en su taller era "antes de cortar, no se te olvide pensar" y tal vez por eso es que necesito estar segura de que sé lo que tengo que hacer. No quiero que la gente crea que fue una venganza o cosa parecida porque básicamente soy gente buena y no le tengo odio a nadie, ni siquiera a Luis, quien se casó con Rebeca. Lo debería odiar porque creo que yo la quería un poco, pero no lo odio. Él siempre fue el mejor en la escuela, ella la más guapa, y me imagino que nunca tuve ni la menor oportunidad. De cualquier manera no soy gente mala y no andaría disparándole a cualquier persona sólo por gusto, solamente cuando me amenacen.

Todo el mundo sabe que tarde o temprano va a suceder. Digo, está sucediendo todo el tiempo, ya le tocó a Coral y va a ser mi turno algún día, pero yo no lo voy a aceptar así como así. La verdad es que yo no puedo culpar a esos delincuentes que no tienen nada que perder, que roban porque sé que éstos son tiempos difíciles. Pero son tiempos difíciles para todos juntos y desde luego, nunca es la persona rica de la Colonia Chapultepec la que recibe el golpe en el cráneo. Es a gentes como a mí, es a mí a quien atacan todos los días.

Una vez que me enfrente al criminal le voy a disparar a la cabeza porque dicen que ahí no duele, que ni siquiera se oye. Un minuto anda el bandido en la calle tratando de robar a alguien y en el siguiente ya ni siquiera sabe que existe. No quiero necesariamente quitarle la vida, pero probablemente es mejor matarlo porque después sale del hospital o de la cárcel con rencores no cobrados. Aunque uno se cambie de trabajo, el bandido tiene amigos y pueden averiguar todo tipo de cosas . . . Desde luego que la cabeza es la parte más difícil de atinarle, por eso practico con blancos movedizos. Me voy por el rumbo de Cuyamaca, y le disparo a pequeños pajarillos porque quiero estar bien entrenada en esto. Así que me muevo, corro un poquito y disparo. Después, me detengo repentinamente y disparo. Cosas así. También practico con la mano derecha disparando desde el suelo, pretendiendo que el atacante me ha derribado, como a don Manuel. Creo que ya me hice bastante buena en esto, pero la verdad es que no es necesaria tanta puntería con una automática de alto calibre y rápido resorte de recuperación, como el de la Walther. Simplemente se apunta más o menos al hombro del sujeto, manteniendo la presión firme sobre el gatillo. La acción de retrocarga es tan fuerte y rápida que va jalando la mano involuntariamente en una acción de abanico. Cuando termina su recorrido, varios tiros estarán anidados en el lugar donde antes estaban los ojos.

Me gusta vestir bien y generalmente me pongo alguno de mis trajes de saco y pantalón para ir a la calle. La Walther la traigo metida en la cintura a mitad de la espalda, ahí no hace bulto y el saco la cubre. Aunque al principio era un poco incómoda, ahora se ha vuelto un nuevo hábito, parte de mí. Siento un vacío cuando no la traigo, igual que un anillo en un dedo. Aquella vez que Ruperto me abrazó por la cintura pensé que la sentiría. Le retiré el brazo, me imagino que pensó que eso era natural en alguien decente o tal vez que se trataba de una faja, un brasiere, o cosas extrañas que usamos las mujeres. No podía dejar que la descubriera y dijera cosas en el trabajo. De lo otro sí se enteró cuando me tocó entre las piernas, pero nunca dijo nada, ni tampoco volvimos a salir. Al principio la llevaba arriba del tobillo pero era horrible. No podía caminar bien, siempre andaba preocupada de golpearla, además que a cada rato se me jalaban las medias. Así como la cargo, la puedo sacar rápidamente con cualquier mano y antes de que el criminal se dé cuenta ya habrá recibido su merecido. Todo está bajo control desde que cuento con la Walther a mi lado y se han acabado las dosis diarias de miedo y terror. Desde que me acompaña tomo cualquier asiento en el camión, voy a la tienda cuando lo necesito y hasta saco la basura a la calle a medianoche.

En el trabajo me la quito y la pongo en un agujero, secreto, a un lado de la caja que un electricista hizo en la pared. Por lo menos me da un lugar donde esconderla porque si alguien se entera que la cargo nunca se sabe cómo va a reaccionar. ¿Qué tal si alguno de los cocineros la busca, decide robarme y me dispara primero? Un cliente que trabaja de centinela me dijo que en cierta ocasión él iba a decirles a unos sujetos que no bloquearan la entrada, cuando del carro salió un tipo y sin más, le dio dos tiros en el estómago. Uno de ellos nunca se lo sacaron. Dice que se siente muy caliente, un dolor pesado, como si trajeras 20 kilos de carbón ardiendo en la panza. Parece que no es muy agradable que le disparen a uno, así que en ésto, como en muchas cosas en la vida, es mejor dar que recibir.

Creo saber quién va a ser.

Es algo raro pensar esto porque siempre sospeché que sería un extraño saltando de lo oscuro. No sé lo que signifique, pero tengo un presentimiento acerca de este hombre que a veces veo en la noche camino a casa. Yo no creo mucho en eso de la telepatía, magia negra o cosas por el estilo, pero este sujeto me da cierta sensación como nunca antes la había tenido. Lo veo en los momentos más inesperados. Y algunas veces cuando sí lo estoy esperando, no está y me pregunto por él cuando llego a casa. No lo veo todas las noches, pero en los últimos tres meses podría decir que lo he visto una docena de veces. El estómago me empieza a dar cosquilleos cuando lo veo y la piel se me pone de gallina como cuando Ruperto me besó abajo del oído una vez. Se nota que no tiene dinero porque siempre lleva puestos los mismos pantalones y una chamarrita de plástico que trata de aparentar ser de cuero. La primera vez que vi al hombre de cerca estaba tan sorprendida que todo lo que recordaba era que tenía una nariz muy larga. No pude verle los ojos porque tenía la cabeza agachada, viéndome tal vez los zapatos, tratando de adivinar cuánto costarían y así tener una idea de cuánto dinero llevaba. La segunda vez, asombrada, lo reconocí como el guardia del bruto. Tal vez él no se acuerde de mí porque perdí peso desde que me hice la operación y tomo las hormonas, ahora tengo el cabello largo y uso un tinte claro. Esto me hace ver más inteligente, más atractiva, por lo menos eso fue lo que me dijo un cliente en alguna ocasión, pero a lo mejor me estaba mintiendo. Siempre llevo diez dólares en mi bolsa de mano y otros diez en la bolsita secreta del saco. Supongo que lo que haré es dejarle que se quede con la bolsa para que cuando vengan a examinar el cuerpo sea comprensible lo que pasó. Aunque será evidente con tan sólo ver cómo él está vestido y la elegancia que yo llevo. Pero si no se lleva la bolsa y nada más saca el dinero, lo que haré es que la tiraré cerca del cuerpo para hacer las cosas más claras y aparentes.

Es probable que suceda en la próxima semana.

No he visto al hombre para nada en esta última semana y si no lo veo mañana en la noche, de seguro que lo veo el viernes. Es indudable que él me ha estado observando de cerca y ya conoce muy bien mi camino. De cualquier manera yo sigo con regularidad mi rutina pero desde que lo noté y tuve esa sensación acerca de él, me he esforzado en ser todavía más puntual. Seguro que me vigila desde lugares que yo no puedo ver. Ya se aproxima el fin de quincena y ha de pensar que voy cargada de dinero. Tal vez me saque esos diez dólares del saco y los ponga en la bolsa nada más para que no se sienta decepcionado cuando la abra.

Hay veces que me pregunto si lo soñé, si salió en la televisión o pasó enfrente del trabajo. En ocasiones siento la urgencia de dispararle, aun cuando todavía no me haya hecho nada, como cuando se cambia a mi lado de la calle. Desearía que me dijera algo o me molestara por lo menos una vez. A la Walther le gustaría hacerlo que se arrodille pidiéndome perdón. A veces cuando lo noto husmeando entre los carros, pienso en arrojarle un tiro de advertencia. Tal vez ni siquiera me esté viendo, y si lo está haciendo, podría ser de admiración. ¿Me querrá besar o robar? ¿Estará todavía enojado porque no lo dejé llevarse al bruto con él al infierno?

Probablemente va a ser el viernes porque cae en fin de quincena. De la manera en que se ha estado escondiendo últimamente me imagino que ya terminó de estudiarme. Me pregunto si habrá notado que en estos últimos seis días, desde la última vez que lo vi, he caminado por su lado de la calle. Lo seguiré haciendo la siguiente semana de manera que para el viernes él me esté esperando en el lugar correcto. Este momento de calma lo tomo como una reunión de fuerzas porque quiero estar preparada para hacer lo que tengo que hacer cuando llegue el momento. Y, cuando esto suceda ¿me entrevistará Lourdes, la muchacha del canal 12? Parece que ella siempre está en el lugar donde todas las cosas están ocurriendo. A mí me interesan más los canales de San Diego porque muestran todo, incluyendo las manchas de sangre en la banqueta. Las manchas nunca salen rojas a pesar de que mi televisión tiene buen color, son como negras o de un rojo tan oscuro que parecen negras. Cuando atropellaron al Hércules y la sangre le salía por la boca, estaba toda enfrente del perro como en un gran charco y era color naranja. Pensé que tal vez murió lentamente porque había tanta sangre y una vez leí en alguna parte, o algún cliente me dijo, que al morir, todo dentro de uno se detiene, incluso la sangre. ¿Fue el Hércules o el Bruto?

No he ido al trabajo en tres días para tener tiempo suficiente de preparar todo, hay tantas cosas que hacer. ¡Es tan complicado como una boda! Anduve por todas las tiendas hasta que encontré un saco sencillo, no muy entallado, de color inmaculado porque es el tono que mejor sale en la televisión. Hace dos días pasé por el suplicio de la cera depiladora ya que esta vez pienso llevar una falda y no quiero usar medias, así que tuve que quitarme todo ese vello que me sale en las piernas. También me depilé la cara pero eso fue un horror. El cabello lo llevo bien asegurado en un permanente que va a tomar varias semanas para que se afloje. Primero me pinté el cabello porque últimamente lo he tenido muy reseco y ya se le notaban dos colores, luego le puse unos rayitos para darle más luz. Eso sí, nada de pestañas postizas, cejas exageradas o maquillaje vulgar porque quiero resaltar mi belleza externa natural, la cual es tan importante como la interior. Lo complemento todo con unos zapatos de dos tonos, gargantilla de terciopelo con un lindo medallón y unas arracadas de oro blanco. La blusa tiene un escote drapeado, discreto, de seda muy delicada, cualquier jalón la puede rasgar fácilmente. "Ojalá que no la vayas a jalar muy fuerte porque podría ser peor para ti. Por lo menos vas a tener suerte conmigo ya que no dejaré que sufras, pues cuento con mi cuchillo de la mantequilla. Probablemente sea la primera pisca de suerte que vayas a tener en tu vida, con tus ojos resplandecientes de gato, y esa amplia sonrisa de sobreviviente, tan serena como la sonrisa de la muerte".

> . . . en la Zona Norte una "mujer" que dijo "me defendí", con una pistola lesionó de suma gravedad a un individuo, entre otros hechos ocurridos, lo que demuestra que la violencia sigue en Tijuana.
>
> Periódico *Baja California,*
> 16 de marzo, 1994, p. 13

Al otro lado del mar

La Última Caída era una especie de fonda y cantina clandestina, en el mercado Municipal de Tijuana, donde comían los mariachis de la Plaza Santa Cecilia, las prostitutas de la Zona Norte y los lunáticos que andaban sueltos por el centro de la ciudad. Era un lugar decrépito de principios del siglo, con aserrín por todo el piso que simulaba la grasa y el lodo, con bancas de madera burda pintadas de color naranja. En alguna de esas bancas era siempre posible encontrarme porque mientras uno fuera discreto con las apariencias y consumiera algún taco o dos, siempre dejaban llevar bebidas alcohólicas. En una esquina se encontraba la estufa, tenuemente alumbrada por una lámpara térmica, y en la otra un baño largo y angosto. Un olor dulce y enfermizo de desinfectante, cigarros y cerveza caliente impregnaba las paredes y el piso de la fonda. La única decoración era un gran pez montado arriba de la estufa —nadie sabía desde cuándo estaba ahí— adornado con una hilera de foquitos navideños que colgaban de la boca polvorienta todo el año. Doña Petra era la encargada del lugar. Tendría entre los setenta y cien años y contaba con menos dientes que cuando tenía un año. Por lo común ella se estaba parada enfrente de la estufa preparando algún guiso y desde ahí les gritaba a los que fueran pasando, con una fuerza incongruente con su edad, los puntos más sobresalientes en el menú:

—¡Pásele! ¿Qué a llevar? Hay café, nescafé, café con leche, leche con café . . . ¡Pásele! ¿Qué va a llevar?

Yo trabajaba sólo cuando era necesario. Consumía las horas leyendo y escribiendo, y en las noches me iba a la fonda a tomar hasta que el mundo se disolvía a mi alrededor como una mole de cera. El paraíso bien pudiera haber sido un bar de lujo a seis cuadras de distancia, pero yo prefería La Última Caída. Ese era el único lugar real en el mapa, el resto tan sólo se disolvía en una ilusión. Era para mi un oasis, pues los dos, ese lugar y yo, vivíamos en una zona drenada de luz por el pasado, apretados por la falta de dinero en el presente, y mirados severamente por un futuro que ya nos había condenado a vivir al otro lado del mar. Ahí me encontraba esa noche, solo como siempre, en una de las bancas del centro de la fonda, cuando en frente de mí se sentó la asesina.

Tendría unos cuarenta años —más joven que la mayoría de las mujeres que andaban por ese rumbo, con el pelo castaño oscuro que daba la apariencia de que ella misma se lo había cortado. Mostraba algo de incierto en su rostro, una especie de máscara tragi-cómica que proyectaba al mismo tiempo frialdad y malicia. Era de ojos oscuros y grandes como los de un gato en la sombra, de nariz romana, andaba sin maquillaje, y las manos se le veían grises, como con tierra o aceite. Mantenía sujeta una bolsa de papel, de la cual asomaba la boca de una botella.

Me sonrió al sentarse. Yo le devolví el gesto. Empezó a hablar de su vida, de su signo astrológico, de las mismas tonterías que decimos todos los borrachos.

—Soy una asesina —dijo de pronto.

—¿De veras? —le pregunté.

—Sí, lo soy. ¿No leíste en el periódico acerca de las tres personas muertas ayer en la playa? También lo mencionaron en la tele, en el noticiero de la noche.

—Sí, algo terrible.

Lo había leído; bastante grotesco, por cierto. Torsos y brazos metidos en bolsas verdes de plástico, con mapas entre los dedos que indicaban, como en la búsqueda de algún tesoro, en qué lugar de la playa se encontraban las cabezas, éstas metidas en bolsas negras.

—Yo fui —me dijo sonriendo—. Yo los maté. Tampoco fue algo fácil de hacer.

Alcé los ojos y la miré con más cuidado. Estaba sonriendo orgullosa pero al mismo tiempo se veía muy seria, no parecía que fuera una asesina, con la excepción, quizás, de sus ojos. Aunque por otro lado no creo que anteriormente me hubiera mirado en las pupilas de una asesina.

—No, tú no lo hiciste —le dije, casi riendo.

—Claro que sí. No conoces los detalles pero no se perdieron vidas humanas porque eran unos pinches animales.

Levantó su bolsa de papel y le dio un fuerte trago. Después empezó a llorar en silencio y fue cuando le puse atención a su historia. ¿Qué podría haberle dicho? "Mañana será otro día. Olvida esas cabezas, estás cansada y eso te deprime". Nada sonaba apropiado.

—Aquí traigo esta pistola —me dijo y, mirando hacia los lados para comprobar que nadie la miraba, sacó una pistola de la bolsa de la chamarra que llevaba puesta y la metió rápidamente.

De inmediato se me quitó lo borracho, el hambre y el frío que sentía.

—También traigo esto que le arranqué a uno de esos animales —me dijo.

Sacó del otro lado de la chamarra una bolsita de plástico transparente conteniendo un dedo humano. La sangre estaba endurecida alrededor del muñón. Luego la volvió a meter también con rapidez. Sólo me quedé ahí mirando la chamarra sin saber qué decir. Pensé que debería avisarle a la policía, pero la carnicera podría soltarse con una ráfaga de disparos si me levantaba a llamar por teléfono. No había nada que pudiera hacer o decir, tan sólo podía aparentar que nada extraño sucedía y tratar de no mirarla espantado. Ella movió la cabeza como afirmando algo.

—Tengo que matar a alguien muy pronto —dijo la asesina en voz alta.

—¿Por qué? —le pregunté.

—Para probar que soy una asesina.

—¿Y para qué tienes que probarlo?

—Para que la gente me crea.

—¿Y qué tal si a nadie le importa? —le dije. Molesto, empecé a levantarme de la mesa pero ella me puso una mano en el brazo.

—¿A dónde vas? —me preguntó entrecerrando los ojos.

—Al baño —le dije, notando la tensión que se dibujó en su rostro.

—Necesito hablar contigo —me dijo—. Regresa aquí cuando termines. Me voy a enojar bastante si no lo haces.

Desde luego que no deseaba hacerla enojar.

—Enseguida vuelvo —le dije, y ella sonrió.

Si no hubiera estado lastimado de un tobillo creo que habría corrido hacia la calle, pero al pararme oscilé como un trompo al que se le acaba la cuerda. Traté de caminar hacia el baño lo más tranquilo que pude. Decidí hacer el intento de escapar al llegar al baño, excepto que por primera vez me di cuenta que el baño no tenía ventanas.

Regresé a la mesa sin dejar de pensar en bolsas de plástico y cabezas. Casi al mismo tiempo un grupo de mujeres que trabajaba en la Zona Norte entró al local. Una de ellas me conocía y al pasar por mi lado se detuvo y me dio una pieza de pan dulce que sacó de una bolsa.

—Vente a comer con nosotras —me dijo. Enseguida caminó hacia una mesa del fondo, cerca de la estufa, y se sentó con sus amigas.

La invitación no era inusual pero sí el regalo. Quedé impresionado por el detalle, no así la asesina.

—No vas a sentarte con ésas, ¿verdad?

—No, claro que no, si estoy platicando contigo.

—Vas a tener que devolverle el pan —y volteó a ver a las mujeres.

—Sí —le dije—, lo iba a hacer más tarde.

La amiga se fue antes de decirle que no me gustaba sentarme junto a la estufa y, además, estaba el asunto de la asesina. Ésta se ponía cada vez más furiosa. Viendo fijamente a la mujer que me había dado el pan apretó los puños, rechinó los dientes, y se mordió el labio. Era evidente que habría problemas pero ¿qué podía hacer yo? De un balazo o sin cabeza no era la manera que yo planeaba morir. No había muchas opciones. Podría intentar hablar con la dueña o escapar cuando la asesina fuera al baño, pero ésta parecía tener una buena vejiga. Sus ojos se veían muy negros y la parte blanca se le había tornado más roja después de darle varios tragos a la botella.

—Le voy a decir a aquella estúpida que te vas a quedar aquí.

La asesina se levantó y se dirigió hacia ellas.

Yo me quedé petrificado.

Cuando llegó a la mesa empezó a reclamar y hurgar con la punta del dedo a la mujer del pan dulce. Ésta se quedó ahí aguantando todo el maltrato hasta que doña Petra, parada como siempre a un lado de la estufa y sin avisar, le dio a la asesina un tremendo golpe en la cabeza con una cazuela. La carnicera cayó al suelo y la pistola se deslizó por el piso, luego desapareció por debajo de la estufa. Todas la vieron rodar, inclusive la dueña, y se lanzaron a recogerla. Inmediatamente retrocedieron chillando adoloridas porque el horno de la estufa estaba demasiado caliente.

Viéndose en desventaja la asesina se abalanzó sobre la entrada y salió corriendo hacia la calle. Las mujeres la dejaron ir y empezaron a doblarse alrededor de la estufa. No podían encontrar la pistola debido a la oscuridad de la esquina y a que la estufa era muy ancha. Finalmente Doña Petra trajo una escoba y la empujó hacia un lado. Tomó la pistola, le abrió el cargador, lo cerró, y empuñándola salió del mercado. El resto del grupo se quedó en silencio por un momento, después salieron también, muy enojadas. Inclusive se olvidaron de terminar con sus platos, exclamando lo que le iban a hacer cuando la agarraran. Yo llamé inmediatamente a la policía. Les describí a la mujer, les dije todo lo que me había contado. Al principio se mostraron muy interesados, hasta que mencioné lo referente al dedo. Entonces me dieron las gracias y colgaron.

Pensaba que la única situación que verdaderamente no tenía esperanza era la mía, pero ahora sé que hay otros en peor estado que yo. Sigue sin gustarme caminar en línea recta después de medianoche porque eso quiere decir que sé a donde voy, y no hay ningún lugar donde quisiera estar. También aprendí a no tratar de resistir el caos y hasta darle la bienvenida, en especial cuando no es mío.

Todo un maldito fracaso

EL CAMINO HACIA EL NORTE ES EL de las aventuras. Es esperar a que anochezca para evadir a los ángeles guardianes. Es desear estar ya con los amigos en los ángeles de la guarda. Es tener algo más que ver y tal vez conquistar. Es sentir la lluvia interminable, helada, bíblica. Es tener visiones de luz en medio de la oscuridad. Es sentir de nuevo el miedo de niño a las apariciones en la noche. Es tener recuerdos de rezos viejos y cantos de iglesia. Esperas escoger tu muerte, no aceptar la de ellos.

Podrías irte por el cañón equivocado. Esta maldita lluvia que no deja ver ni oír nada. Qué tal si pudieras dejar tu cuerpo, levitarte y ver desde las nubes. Ver el laberinto en el que te metiste y encontrar la forma de salir. No te detienes. Sigues corriendo entre matorrales, piedras, cruzando arroyos. Para el aventurero, detenerse sería una gran desilusión. Regresar significaría parar el tiempo. Significaría terminar la conquista y acabar con los sueños.

Sí, es lluvia, está cayendo fuerte, constante, pero no es de alivio. Las gotas te golpean como ácido pero ya no hay ninguna sensación. Sientes pérdida del aplomo y el valor; pérdida del sentido de dirección. No sabes a dónde perteneces. Sigues corriendo, antes motivado por la ambición, tal vez por un dolor interno, ahora el dolor te rodea, esperándote.

Ahí estás, derrotado, aterrado por los ángeles de la muerte. No oyes tus propios gritos o la lluvia. El viento ha dejado de soplar. Ahora todo es obscuro. La lengua la sientes arenosa y te raspa la garganta. No puedes cubrirte las manos del hiriente frío. Quieres gritar, tiemblas. Tu estómago da vueltas y vueltas una y otra vez. Logras apuñar un poco de lodo, un manojito en tu mano. Lo sueltas pero no se va, no puede caer a tus pies.

Viaje a Las Vegas

LAS INTENSAS LUCES ESTABAN enfocadas directamente sobre el ring en medio de la pista de baile del bar Las Pulgas. Franky, el boxeador estrella de la casa, salió disparado de su esquina al sonar la campana y arremetió contra Ramos tratando de destrozarlo a golpes. Ramos cayó en la lona casi de inmediato y sintió que flotaba en una especie de nube. Luego escuchó una voz distante que le decía "¡seis!" El oírla petrificó de pronto la nube en una dura lona. Al "¡ocho!" logró apoyarse en una rodilla, y al "¡nueve!" Ramos se encontraba de pie. Ya erguido lo invadió un terrible miedo, sintió que no podía respirar y que le golpeaban la cara con un marro, convenciéndose de que el otro llevaba los guantes cargados. Trató de moverse hacia atrás, pero la pierna izquierda no le respondió. Tampoco había sensación en el brazo izquierdo. Ramos, vestido con pantalón de mezclilla y botas vaqueras, no tenía la intención de volver a caer y, a la vez que sentía miedo, una incomprensible excitación primitiva lo empujaba a seguir adelante.

Era la función "Free for all boxing" de los martes y Franky ya había noqueado, en cosa de segundos, a dos americanos, que habiendo fortificado su valor con grandes dosis de alcohol creyeron que podían meterse con un profesional. A Ramos lo motivaba el premio prometido por la gerencia a quien lograra derrotar a Franky. En un pasado ya lejano había sido campeón estatal de peso completo.

De pronto una constelación cegadora de dolor le estalló a Ramos en el cerebro: Franky le había clavado el pulgar en un ojo y empezó a recibir porrazos que no vio venir, golpes a la nuca y a los riñones. Ramos logró amarrarse en un clinch pero otra galaxia de estrellas le explotó al momento que Franky se apartó con un cabezazo a la ceja. Ramos retrocedió pero Franky lo alcanzó y lo agarró de los brazos.

Amarrados en corto, Franky lo insultó y le escupió la cara. Durante un momento lo único que Ramos hizo fue quedársele viendo. Odiar a otro nunca había sido parte de sus emociones durante una pelea. Miedo sí, pero jamás odio hacia su adversario. Sorpresivamente Ramos lanzó un volado de derecha que aventó a Franky a lo largo del ring hasta llegar a las cuerdas. Ramos enseguida se le metió en corto de manera que la espalda de Franky quedó sobre las cuerdas. Los golpes que Ramos tiraba los daba con la mano abierta y las agujetas del guante producían lugares despellejados con cada golpe. Dejando que sus 85 kilos colgaran de Franky, lo arrastró a lo largo de las cuerdas sabiendo que estaban formando ardientes verdugones en la espalda. Cuando el réferi logró meterse entre los dos, Ramos tiró un golpe al momento de romper el amarre, fallando intencionalmente pero al regreso el codo se estrelló, en apariencia por accidente, en la cara de Franky. El golpe lo sacudió y se fue tambaleando hacia atrás. Ramos lo alcanzó con un gancho de derecha que le explotó en el mentón y lo hundió en el suelo. Apenas escuchó el final de la cuenta, Ramos cruzó por entre las cuerdas.

Al acercarse a la barra a recoger el dinero del premio alguien le dijo a Ramos casi al oído:

—Buena pelea, campeón. ¿No tienes manejador?

Era un hombre gordo, de unos cincuenta años, con lentes oscuros. Hablaba arrastrando las palabras.

—No en este momento —contestó Ramos de pronto.

—Desde el principio me di cuenta que no eras un *amateur* como los otros. Eso de levantarse y seguir peleando es la cosa más difícil de enseñarle a un boxeador. ¿Cuántas peleas has tenido?

—Treinta y cuatro, la mayoría en Veracruz. Gané treinta —agregó Ramos para detener las miradas sarcásticas del sujeto.

—Parece que fueron hace tiempo, te ves con edad como para unas cincuenta, setenta peleas. Mira, te voy a dar mi tarjeta.

La tarjeta decía "Pablo V. Sánchez, manejador de campeones, Gimnasio Los Gladiadores, Plaza Santa Cecilia, Tijuana B.C."

—Me gustaría verte trabajar un poco más, tienes buena pegada. ¿De Veracruz, eh? —El sujeto no dejaba de sonreír y la risita le pasaba continuamente por muchos cambios.

—No sé —dijo Ramos—, tuve un accidente y desde entonces la pierna y el brazo izquierdos no los puedo doblar completamente.

—Pues yo te vi muy bien allá arriba.

—Bien tal vez para peleas en cantinas, pero no creo que la comisión me deje boxear. ¿Qué no vio cómo arrastro la pierna?

—No serás el primero, el Macetón Cabrera también era renco, y parece que ya eras feo desde el principio. Mira, lo que yo digo es que eres bienvenido al club, nadie te va a molestar. Yo te presto el equipo y todo lo necesario.

—Lo voy a pensar —contestó Ramos guardándose la tarjeta.

Media hora después Ramos estaba en su departamento haciendo el amor con Luisa. Cuando le dio el dinero ella le brincó encima arrancándole la camisa y lo mordió en el hombro. Él no deseaba nada sexual, extenuado por el exceso de adrenalina en el cuerpo, pero tampoco había manera de negárselo. Cuando terminaron, Ramos cerró los ojos y casi de inmediato se quedó dormido.

Horas después, que a Ramos le parecieron minutos, lo despertó un ruido como campanazo de ring de box. Al escucharlo de nuevo Ramos se sentó al borde de la cama, apretó los dientes, tragó saliva y sintió que se le aceleraba el corazón. Prendió la lámpara para revisar el cuarto con cuidado. Las pastillas estaban envueltas en papel aluminio, escondidas debajo de la cama. Un paquete de condones se encontraba en medio de la mesa, a un lado de los boletos de avión. Por un momento pensó en arrojar las pastillas al escusado, pero inclusive medio dormido se dio cuenta de que si fueran de la policía, ya hubieran tumbado la puerta. Entonces volvió a sonar de nuevo la campana de la iglesia que se encontraba a un lado.

Luisa seguía dormida. Con las rodillas alzadas hacia el pecho y las manos entre las piernas se veía tan inocente, casi como una niña. Al día siguiente, por primera vez, Ramos le iba a ayudar con un cargamento de cocaína en el vuelo Tijuana-Las Vegas. El sólo recordarlo le hizo sentirse enfermo, a punto de vomitar, por lo que Ramos se vistió de prisa y salió a la calle. Sin pensarlo mucho se dirigió al centro de la ciudad.

El gimnasio se encontraba al norte de la Plaza Santa Cecilia, rodeado de cantinas, peluquerías y pequeños restaurantes en cuyas ventanas se mostraban fotografías autografiadas por boxeadores. Se entraba al gimnasio por un pasillo oscuro que conducía a un salón grande y lleno de humo de cigarro. Había un olor rancio, picante, una mezcla de sudor y ungüentos, y demasiados cuerpos brillosos empacados en un lugar sin medios de ventilación. Los ruidos eran también múltiples y variados, pero entre más se escuchaba más parecía que estaban organizados en compases rítmicos. Se oía el estruendo de la peras locas y de los que brincaban la cuerda, el golpeteo lento de los puñetazos al costal de arena, la respiración atropellada de los peleadores jalando aire a través de narices fracturadas, los golpes sordos de guantes contra cuerpos endurecidos. Orquestando todo lo que sucedía en el gimnasio estaba la campana del ring. Era dueña del tiempo (ese adversario invisible de la hermandad de boxeadores), marcando los tres minutos de violencia controlada por el uno de descanso. A Ramos le gustaba escuchar ese fragor y de ahí discernir las diferentes cualidades del practicante como un buen conocedor. El ambiente se notaba intenso, lleno de voluntad y entrega pues en ese lugar se trataban cosas serias. Ramos empezó a sentirse hombre de negocios, como alguien importante en medio de su trabajo.

—¡Ey, Ramos! ¿Dónde te escondes? —era Sánchez quien le gritaba desde una esquina—. Encontré a un sujeto que se acuerda de ti. ¿Seguro que no tienes manejador?

Ramos sacudió la cabeza y movió los labios como diciendo "no".

—No sé qué será —continuó Sánchez—, pero tengo cierta habilidad para esto y tampoco me quedo dormido. Como contigo, nadie más te notó. Bien puedes representar dinero y yo fui el único quien te vio. ¡Chícharo! —le gritó a un señor sentado a la entrada de los vestidores—, dale a este joven guantes y todo lo que necesite.

Ramos siguió a Chícharo hacia los vestidores donde éste le entregó una bolsa que contenía un juego completo de boxeo. Una vez que terminó de ponerse el vendaje y los guantes, Ramos se sintió como un peleador, sus manos transformadas en armas disciplinadas. Las flexionó, golpeando un guante contra otro. Además de la nariz rota, Ramos tenía los párpados caídos hacia los lados indicando nervios destrozados. Era de hombros enormes y pecho grueso y plano, sin los usuales pectorales abultados del físico-culturista. Se sintió fuerte, tan duro y sólido como cualquier boxeador que se encontrara en ese momento en el gimnasio.

Ramos fue hacia donde se encontraba un gran espejo en la pared para verse como lo ve el adversario. Empezó haciendo sombra pero no le gustó el estarse mirando: comparado con la gracia y flexibilidad que antes tenía, parecía que estaba viendo una caricatura de sí mismo. Se dirigió a otro rincón donde probó su guardia de boxeo, imaginándose pequeñas situaciones y tirando al aire los golpes correspondientes. Hacía fintas, deslizándose hacia los lados, agachándose, saliendo y entrando a la guardia original. Hizo sombra por dos rounds. No le pareció mal, excepto que casi se tropieza en dos ocasiones. Siguió con el costal, golpeándolo tan rápido como le fue posible hasta que sintió los brazos débiles. Luego empujó el costal y con los puños sobre el pecho practicó a doblarse hacia un lado o agacharse, dejándolo oscilar por arriba y lanzándole una cadena de golpes al pasar. Sonó la campana y Ramos siguió caminando para evitar enfriarse. La mano izquierda nunca la iba a usar para tocar la guitarra, pero estaba muy a modo para golpear y defenderlo. Al oír el campanazo, galopeó tratando de alzar las rodillas hasta el pecho. Sin cambiar de ritmo corrió en reversa y brincó tijereando las piernas y sacudiendo con fuerza la cabeza y los brazos. Cuando sonó la campana de nuevo, Ramos caminó y aflojó los músculos como todos los demás. Tres minutos de trabajo por uno de descanso. Sin importar qué fuera lo que hiciera, qué tan fácil o difícil, toda la furia de la rutina estaba organizada de esa manera. En uno de esos descansos, Sánchez se le acercó y con los dedos lo tomó del mentón.

—Mira, mejor párale a los ejercicios. Conseguí que eches guantes con otro, así te puedo apreciar de cerca y es mejor práctica para ti. Será hoy en la tarde, el Chícharo te va a asistir.

Mientras Sánchez hablaba le estuvo evaluando con la mano los brazos, la espalda y los músculos en el cuello que tendrían que absorber los efectos de un golpe al mentón. Era una sensación extraña el tener a otro hombre hurgándole el cuerpo y Ramos lo había olvidado desde que dejó de boxear.

—Es un pendejo —dijo Sánchez acomodándose la corbata—, te lo digo desde ahorita. Tú te ves bien. Es bueno tener un mexicano de peso completo, a la afición de Los Ángeles le va a gustar. No hay muchos en el país, sólo aficionados gordos. ¡Je! Te haremos promoción como el mejor o el único, algo así. Ya veremos.

Ese comentario le interesó a Ramos, pues el ir al gimnasio le llevaba unas cuantas horas al día y un boxeador podía recibir hasta diez mil dólares por pelear en Los Ángeles. Aún más si televisaban la función. Sin embargo sus ambiciones eran modestas, más que nada ya no habría necesidad de hacer viajes a Las Vegas.

—Otra cosa que estaba pensando —dijo Sánchez— era en tu manejador anterior. ¿Seguro que no tendré que comprarte de él?

—No, está muerto.

—¿Te habrá vendido antes de morir? No quiero demandas legales ni comprarte de nadie. ¿Tal vez te vendió en su lecho de muerte?

—No.

Ramos decidió regresar al departamento ya que Luisa había partido hacia San Quintín a recoger el cargamento, más grande en esta ocasión. No le molestó que no estuviera y tal vez la tendría que dejar de ver por largas temporadas. Tiempo atrás había aceptado la teoría de que la vida célibe endurece al peleador, y lo lleva al nivel de esfuerzo que es necesario en el ring. Muchos boxeadores que Ramos conocía no hacían esa distinción y se entretenían levantando pesas o ejercicios en aparatos, más interesados en verse atractivos que en ganar peleas. Pero Ramos había notado que si pasaba semanas sin actividad sexual como que se volvía más feroz, con emociones reprimidas y listas a explotar al sonar la campana.

Luisa ya había viajado antes a Las Vegas. Lo que hacía era meter la coca en condones y tragárselos momentos antes de partir. Cuando llegaba a Las Vegas tomaba un laxante y los condones salían, con la droga a salvo. El riesgo era que si el vuelo tomaba demasiado tiempo el plástico podría romperse en el estómago. La mitad de la droga ahí contenida era suficiente para matar a cualquiera en cosa de segundos. La última vez, Ramos le había ayudado a deslizárselos por la garganta. Desde luego que Luisa no ocupaba de su ayuda pero había algo perversamente erótico en eso de empujarle los condones rellenos de droga, mientras que ella permanecía sentada en el suelo a un lado de la cama, con la cabeza inclinada hacia atrás y los ojos brillándole con algo de locura. Al terminar, y sin decir una palabra, Luisa se arrodilló a un lado de la cama, con el estómago sobre el colchón. Ramos le subió la falda y le bajó las pantaletas de algodón. Al mirarle la cara vio que ella se estaba riendo en silencio, como entretenida con su respuesta, como si hubiera sabido que lo que acababan de hacer lo iba a excitar porque era igual a todos los hombres. Cuando acabaron de hacer el amor, Ramos sintió miedo y así se quedó por muchos días.

Esa tarde al entrar al ring, Ramos volvió a sentir miedo y, por un segundo, pensó que iba a gritar. Todos los colores se veían más brillantes y el otro enfrente bastante duro, pero quién no en un gimnasio. Su entrenador le hablaba haciendo gestos con las manos, luego empezó a hacer sombra, una mano pegándole a otra. Chícharo, notando a Ramos nervioso, trató de darle algunos consejos:

—Concéntrate. Separa los pies. Mete los codos, baja el mentón. Vamos. Jabea y muévete, eso, todo parte del jab, recuérdalo. Se llama Gómez pero no hay que tenerle miedo. El boxeo es cosa de saberlo controlar, es sólo un pleito. Es sólo un pleito. . . .

Chícharo siguió hablando pero Ramos ya no lo escuchó. Le inspeccionó los guantes metiendo un dedo por abajo de las agujetas y le dio el protector dental. Ramos lo mordió con fuerza y tragó saliva. Luego se persignó porque hubiera sido tonto no hacerlo. La campana sonó y los dos se fueron al centro del ring. Gómez era la figura perfecta del peleador que sigue todas las reglas y consejos del manual de boxeo: jabs de izquierda seguidos de cruzados de derecha, recto izquierdo, uppercut de derecha para luego salirse con rápidos pasos laterales. Desarrollaba todo con destreza, pero parecía que mecánicamente no podía improvisar en respuesta a los cambios que Ramos hacía. Gómez tenía uno de los mejores físicos en el gimnasio, pero su golpe no llegaba a lo prometido. Por su lado, Ramos se encontraba lento debido a la falta de práctica, además sólo tenía una pierna buena. Para poder igualar los destellos de Gómez, Ramos trató de castigarlo usando golpes únicos pero no lograba conectarlos. Al campanazo se fueron a sus esquinas respectivas.

—¿Cómo te sientes? —le preguntó Chícharo mientras le sacaba el protector bucal—. Te alcanzó a llegar con varios jodazos.

—Estoy bien —contestó Ramos antes de beber un buche de agua.

—Se te nota la corrosión. Te va ganando en el puntaje.

Ramos lo sabía y se acordó que en alguna ocasión había sido bueno en esto de los golpes, cuando pelear le llegaba de manera natural.

—Métete en corto —le dijo Chícharo al ponerle el protector.

Al empezar el segundo asalto Ramos se topó con un derechazo a la mandíbula. No le dolió, pero hizo que se sintiera más valiente. Le gusta correr, se dijo Ramos, y bajó la guardia para ofrecer un blanco más fácil. Gómez conectó varios jabs llamativos que le dieron una falsa confianza y se paró a intercambiar golpes, acomodando algunos a la cabeza. Ese error de Gómez fue la entrada que Ramos aprovechó para meterse en corto, tirando un gancho al hígado que casi lo parte en dos. Gómez trató de correr hacia atrás, pero las piernas no le respondieron. Entonces Gómez intentó amarrarlo, por lo que Ramos lo empujó contra las cuerdas para apabullarlo a dos manos con rectos y cruzados a la cabeza. El entrenador de Gómez brincó enojado al ring jalando a Ramos hacia a un lado y poniendo sus brazos alrededor de Gómez para evitar que cayera a la lona.

A Ramos no le dolía nada, lo cual le pareció extraño siendo esto casi sinónimo de boxear, aunque sí le temblaban los brazos y las piernas. Ya en su esquina no se podía estar quieto, moviéndose alrededor de Chícharo mientras que éste le quitaba los guantes y el protector dental.

—No estuvo mal —se acercó Sánchez a decirle—. Aunque ése tira puras cachetadas y le falta mucho por aprender.

Ramos sonrió al tomar la toalla del hombro de Chícharo y se fue hacia los vestidores. Sánchez parecía no tomarse un descanso, pues cuando Ramos salió lo esperaba en un rincón acompañado de un sujeto de la promotora "La caldera del diablo". Éste vestía un traje tan brilloso que no se podía decir de qué color era.

—Escucha —le dijo Sánchez— ¿dónde fue que peleaste?

—¿En dónde? —Ramos repitió la pregunta—. En Veracruz.

—¿Y a quién le ganaste?

—¿A quién? Pelié con muchos. Pero no les gané a todos —contestó Ramos con una sonrisa. Le era más fácil decir la verdad.

El sujeto del traje brilloso empezó a hablar:

—Tengo un muchacho que pelea en dos semanas en el Centro Mutualista y no hayamos con quién tirar guantes —el sujeto hablaba tan rápido como un locutor de radio—. Si quieres puedes entrenar con él esta semana y luego la próxima si lo haces bien. Te puedo dar hasta cincuenta dólares diarios por dos asaltos.

—¿Quién es? —preguntó Ramos.

—Rubén Cruz. ¿Lo conoces?

—Sí, no estaría mal —dijo Ramos. Cruz era la sensación del momento, del tipo que Ramos tarde o temprano tendría que boxear.

—Claro que vas a pelear —dijo Sánchez—. Empiezas mañana por la tarde. Descansa y nada de puñetas.

—Buena oportunidad para ti —dijo el sujeto al alejarse.

Al día siguiente, muy temprano, a Ramos lo volvió a despertar la campana de la iglesia —tal vez por eso la renta era tan barata en ese departamento. Ramos se puso unas sudaderas y unos tenis y salió corriendo rumbo a Playas de Tijuana. Corrió a lo largo de calles mojadas, brincando los arcos iris de aceite que brillaban contra el asfalto al reflejo de los anuncios de neón. Un borracho de los que todavía quedaban en una de las cantinas-balcón de la Avenida Revolución le gritó "¡Ey, pinchi boxeador! ¡Ven pa' que te parta la madre! ¡Pinchi güey fachoso!" Ramos sonrió al escucharlo. La pierna izquierda la sentía entumecida, pero mientras fuera capaz de correr no le preocupaba que lo hiciera ver como momia. (Haciendo ejercicios y corriendo todos los días fue como se recuperó del "accidente". Durante una pelea, no se tiró a la lona como le ordenaron, así que una noche lo esperaron cerca del gimnasio. Eran unos diez, nadie dijo nada, sólo se pusieron a trabajar con sus botas y varillas metálicas. A Ramos le fracturaron los brazos, las piernas y casi todo lo demás mientras que su manejador no sobrevivió.)

Ramos tampoco veía en el boxeo nada romántico, pero el régimen de severo entrenamiento siempre había tenido para él algo de inmaculado. Había algo que lo atraía con devoción casi monástica a esa disciplina física, similar al esfuerzo solitario del santo por lograr la consagración. El sol seguía sin salir cuando Ramos empezó a correr por la orilla del Río Tijuana, a veces acompañado por algún perro que se le pegaba al trote. A medida que corría se agachaba a recoger piedras sin detenerse, primero con la mano izquierda, luego con la derecha, y las tiraba en diferentes direcciones. Poco después el sol se dejó ver por entre los cerros, dibujando contra su luz la silueta solitaria de Ramos corriendo por la carretera. Periódicamente Ramos se detenía a tirar ráfagas de puñetazos al aire, luego corría hacia atrás unos quince metros y hacia adelante a toda velocidad. Las piernas y los pulmones los sentía ardiendo con fuego pero nada le dolía. Podía sentir la fuerza en sus brazos creciendo a medida que subía hasta la cresta del cerro más alto, y donde a Ramos le dio la impresión que el sol lo saludaba al salir por completo en el horizonte.

Ramos se subió el calzón de box un poco más para así achicar el blanco legal mientras esperaba su turno de entrar al ring. Encontró una banca en una esquina donde se acostó, cerró los ojos y trató de descansar. Se sentía fuerte, con energía, un poco torpe debido a su pierna, pero algo de malicia arriba del ring pronto arreglaría ese aspecto. Nadie le podía hacer daño. Abrió los ojos y miró alrededor del gimnasio. Era un manicomio. En el ring a un boxeador le estaban pegando una paliza. Los costales oscilaban en ángulos alocados al estruendo de las peras. Otros peleadores pujaban en un laberinto de ejercicios o azotando cuerdas en el suelo. Entre éstos, Ramos reconoció a Cruz. Su cara le daría miedo a cualquiera que le preocupara la propia: tenía las facciones aplastadas semejando el casco de un soldador y la piel le brillaba tanto como si fuera de hueso. "Viendo al adversario no es manera de entrar a pelear", se dijo Ramos, por lo que se fue a otro lugar para tratar de ponerse en mejor condición mental. Ramos lo encontró cerca de los vestidores y ahí se plantó en guardia: los brazos sueltos, con las manos abiertas. Era una pose aceptable de ataque y defensa y estaba orgulloso de ella. Puesto que todavía era más joven que muchos campeones activos ¿de qué se preocupaba? Empezó a sentirse mejor. Llegaba a ese estado de ánimo haciendo sombra, pensando en ganar y en qué golpes específicos iba a intentar: pararlo en seco con el jab de derecha, remachar con un izquierdazo y salirse con pasos laterales. Era todo lo que tenía que hacer.

Cinco minutos después Ramos mordía el protector que Chícharo le metía en la boca y tragaba saliva. Más que ponerse los guantes, ese plástico frío y húmedo entre los dientes le hacía saber que estaba a punto de pelear. Se persignó y le dio vueltas al ring, bailando y moviendo los brazos. Una expresión grave se posó en su rostro para cubrir el calor sofocante que empezaba a sentir. Fue a una esquina y talló la lona como si estuviera matando insectos. Arriba del ring, semi-desnudo y solo, Ramos contaba únicamente con la fuerza de sus brazos, la resistencia de su quijada, la velocidad de sus piernas, más su inteligencia y orgullo. Ésas eran todas sus armas. Para Ramos, boxear siempre fue cosa de ahora o nunca, de un sólo momento, enfocado a esta tarde, este round, al segundo fatal cuando la mente pierde control de los golpes que tira o la manera de evitarlos. Sabía que el triunfo era transitorio pues sólo se ganaba para volver a pelear, pero la derrota era permanente. Al sonar la campana se volvió a santiguar por si antes no lo había hecho correctamente.

La mayoría de los boxeadores intercambian golpes ligeros en un período inicial de estudio. Este no era el caso de Cruz, quien tampoco tenía un plan de ataque a seguir y arrojaba en cada golpe todo lo que tuviera con tal de noquear. Sus guantes apuntaban uno al otro a la altura del estómago, sin hacer el menor intento de defensa. Ramos lo jabeó y la reacción fue una serie de uppercuts sin ningún tipo de sutilezas, la trayectoria de la mano derecha imagen de la izquierda. Ramos sonrió al notar su crudeza y lo aguijoneó con una combinación a la cabeza que por lo menos hicieron que levantara los brazos. Todo lo que tiraba penetraba la guardia de Cruz porque sus brazos siempre se encontraban abajo. Ramos también conocía varias maneras de evitar un golpe: agachándose, girando con el golpe, deslizándose, levantando el brazo a tiempo para bloquearlo. Pero al arte de la defensa personal habría que agregar la ley de la saturación. Será posible protegerse de nueve golpes pero el décimo encontrará su destino. Cruz, lento y torpe, era un fajador de tanto volumen que el más listo de sus oponentes tenía que ser golpeado tarde o temprano. Y el bloquear esos uppercuts estaba teniendo efecto en los brazos de Ramos: cuando trató de amarrarlo se dio cuenta que no podía sujetarlo, que no podía meterlo en el clinch. Cruz parecía inmune al dolor, aceptando casualmente golpes fuertes, contento en recibir cinco con tal de dar dos. "Estúdialo, estúdialo", se dijo Ramos. Intentó otra vez de amarrarlo cuando en su estómago estallaron grandes bombazos por lo que se alejó como pudo con tremendo dolor. Cruz fue tras de él con mayor velocidad y lo atrapó en una esquina donde continuó su castigo a los bajos.

Al sonar la campana se tocaron la cabeza y dieron la vuelta al ring en direcciones opuestas hasta llegar a donde los esperaba el entrenador de Cruz. Ramos se recargó sobre las cuerdas, completamente agotado, sintiendo la parte media del cuerpo demasiado adolorida. El entrenador se hubiera dedicado únicamente a Cruz pero éste lo obligó a que primero atendiera a Ramos.

La campana era como un estímulo para Cruz que de inmediato empezó a tirar golpes cuando sonó. De estilo apulpado, parecía no saber dónde tenía sus propias manos, como que las descubría al momento de golpear. De pronto Ramos lo sacudió con un volado de derecha, pero lo que recibió a cambio le metió el estómago hasta el espinazo, haciéndole que tuviera casi un colapso. Ramos recibió más de lo mismo y a cada golpe el cuerpo le temblaba sin control. Jabeó a dos manos en desesperación, tratando de resistir los temblores y aclarar la mente, pero Cruz lo siguió golpeando en las costillas, en los pulmones y en el hígado. Ramos ya no podía respirar, sofocado por el dolor, dejó de contar los golpes. Sus piernas se paralizaron y su cabeza cayó hacia adelante. Metió la cara en sus propias manos y se dobló entre los guantes de Cruz. Éste hizo de Ramos un costal de arena al que levantó varias veces con golpes al cuerpo. Y como a un costal al que le hicieran una hendidura, Ramos se fue sumergiendo hasta perder todo rastro de forma, colgándose débilmente de los hombros de Cruz. Éste lo sostuvo contra las cuerdas y empezó a tirar

golpes lentos, sin llegar a conectar, para así no perder completamente el ritmo. Sonó la campana y los pocos cómplices que miraban
aplaudieron.

Chícharo subió al ring a quitarle los guantes y lo examinó por si
había cortadas. Ramos fijó su mirada borrosa en él como si fuera un
doctor y se tocó la parte media del cuerpo con cuidado, quejándose
con una mueca de dolor que le dio vergüenza.

—Buen trabajo —le dijo Sánchez—. Dice su manejador que al
final de la segunda semana nos paga. Por lo pronto está la renta del
equipo y tu cuota en el gimnasio, si quieres luego nos arreglamos o
si hoy puedes darme algo sería mucho mejor.

Ramos lo miró como no creyendo lo que escuchaba. No tuvo
fuerzas para reclamarle y, sin decir nada, caminó con cuidado hacia
los vestidores. Fueron dos asaltos en un gimnasio. ¿Era Cruz
demasiado bueno, o él demasiado malo? Le quedaba muy poco tiempo para tomar una decisión pues en el boxeo, más que en cualquier
otro oficio, era necesario conocer sus propios límites, de saber cuál
era su capacidad física y mental.

Al salir del gimnasio preguntó la hora en un puesto de periódicos pensando que tal vez Luisa ya se encontraba rumbo a Las Vegas.
Con trabajos llegó al departamento, abrió la puerta y la encontró
parada a un lado de la cama, viéndolo fijamente.

—Pensé que no ibas a venir —dijo Luisa al verlo.

Ramos cerró la puerta recargándose en ella.

—Ya pedí un taxi —dijo Luisa—. Yo ya estoy lista. Si quieres
hacer esto conmigo . . .

Luisa hizo un gesto hacia la silla donde colgaba la ropa que
Ramos debería usar para el viaje. Por un momento la miró. Movió la
mano con lentitud hacia los botones de su camisa, deshizo el nudo
superior y volvió a mirar a Luisa. Ésta lo examinó con curiosidad,
como un científico que observa la conducta de un animal.

—Tan sólo dime —dijo Luisa sin rastro de enojo—, ¿vienes o
no?

Ramos movió la cabeza afirmando.

—¿Vas a venir o no?

Ramos volvió a mover la cabeza. Entonces Luisa se le acercó, le apartó las manos y empezó a quitarle la camisa.

—Tienes miedo —dijo Luisa—, como yo la primera vez.

Ella se inclinó y le sacó la camisa de la espalda. Ramos quería contarle que tal vez había otra opción, pero las palabras no le salían debido al dolor que sentía. Luisa terminó de desvestirlo, le puso unos pantalones de lana, saco, zapatos de gamuza, le arregló el cabello con un cepillo y le dio un beso en la mejilla.

—No tengas miedo —le susurró al oído—. La vamos a hacer.

Tomándolo del brazo, con cuidado, Luisa hizo que Ramos se sentara en el piso, cerca de la cama.

—Relájate, baja los brazos Manuel, separa los pies, sube la cara. No hay por qué tener miedo. La clave en esto es saberlo controlar, es sólo un viaje cortito el que vamos a hacer.

Ramos abrió la boca lo más que pudo y cerró los ojos. Los volvió a abrir y miró la parte externa del condón cubierta con una especie de vaselina justo antes de que Luisa lo bajara y se lo empezara a meter por la garganta. Ramos se ahogó al primer intento y ella le volvió a pedir que se relajara. Afuera, el taxista los llamó con el claxon. Luisa fue hacia la ventana a gritarle que en un momento más bajaban. Ramos la miró desde el suelo a lo largo del cuarto, sintió en la nuca el bordo de la cama semejando una cuerda del ring y por un momento vio a Cruz, parado en una esquina neutral esperando la cuenta del réferi. Ramos sintió el impulso de levantarse. Entonces supo lo que iba a pasar. Luisa lo miró a su vez y no le gustó lo que vio.

—No hay nada de qué preocuparse —le dijo Luisa.

Ramos volvió a cerrar los ojos y trató de ignorar el dolor que sentía cuando ella empujó el condón, una sensación como si le estuvieran abriendo la garganta. Al sonar la campana de la iglesia, Ramos tensó el cuerpo y abrió los ojos como buscando a alguien, mordió con fuerza el plástico frío que sentía entre los dientes y tragó saliva. Afuera, el taxista empezó a contar los minutos que llevaba esperando.

Robos en el laboratorio

ELLA ESTÁ ACOSTADA SOBRE LA alfombra de la oficina dándole la cara a él. Él es delgado, pelo oscuro, mayor que ella por 17 años. Él siente que la ama. Ella se estira para besarle la cara y juguetear brevemente con la lengua en su boca. Ella se pregunta por qué no lo deja. Mañana le dirá: "No podemos vernos más. Vas a sufrir, lo veo en tus ojos; pero no quiero hacerme cargo de tu futuro". Esto le suena a telenovela de las tres de la tarde, pero de cualquier modo así lo hará.

En la preparatoria ella era de las atrevidas que hacían tronar bombitas de chicle en medio de la clase y escupían enfrente de los maestros. Era tan grosera que usaba la palabra "chingar" mucho antes de que fuera aceptado que las mujeres la dijeran. Tampoco le importaba que su padre la sermoneara por vestirse con esa faldita y botas de vinyl. Aunque su apariencia sí le interesaba lo suficiente como para ponerse los calzones largos de su hermano porque hacían juego con las sombras que se pintaba debajo de los ojos y que casi le llegaban hasta los oídos. Fumaba dentro de la iglesia, era respondona por igual con policías y el director de la escuela, y las manos siempre las tenía manchadas del aceite de su motocicleta. Era tan malcriada como malas eran sus calificaciones. Era peor de lo que todos suponían porque a ella no le afectaba lo que los demás pensaran de su persona. Por eso fue que a todos sorprendió cuando obtuvo el primer lugar en el examen de admisión de la Facultad de Ingeniería.

Él está acostado sobre la alfombra de la oficina central del laboratorio, dándole la cara a ella. Ella es pálida, de ojos verdes y varios años más joven. Él no sabe cuántos, nunca le ha preguntado. Para él eso no tiene importancia. La ve y se pregunta qué puede hacer para que ella no lo abandone. Todo lo que ella dice o hace se transforma en un ademán de adiós. Recuerda vívidamente el primer día de clases cuando oyó el tronar de su chicle tan recio que parecía amplificado eléctricamente, y cómo al verla tuvo que refugiarse en la lista de alumnos para lograr cierto control de sí mismo. Recuerda que al terminar con la lista decidió mirarla furtivamente antes de empezar con la lección, por lo que vio deliberadamente hacia la ventana y recorrió los ojos sobre las filas de estudiantes, sintiendo casi un impulso eléctrico cuando pasó sobre ella. ¿Habrán notado su turbación los demás estudiantes? Porque no había duda, ninguna, que de ella emanaba una especie de energía magnética, aparte del humo del cigarro. De cualquier manera, pensó en aquel momento, esa atracción de polos opuestos que sentía no era nada nuevo: nada que no le hubiera sucedido anteriormente, a él y a otros profesores, cientos de veces. Esa vez respiró profundo y empezó con la clase.

Están acostados viéndose la cara y escuchan una llave abrir la puerta principal, los pasos de alguien en el laboratorio.

"El Profesor González", piensa ella.

—Un ratero —dice él.

—Sí —ella responde.

Se oyen conectores eléctricos golpeando unos con otros. Un desarmador cae ruidosamente sobre una mesa metálica en la dirección donde ella realiza las prácticas de su tesis de grado.

—Está en tu área, en la sección de fibras ópticas —dice él.

—Sin duda se está robando mis diodos cristalinos. Son cristales muy bonitos.

Oyen abrir otra puerta, luego cerrarla.

—Se metió al departamento de cómputo —dice él.

—Se está llevando las impresoras. Son importadas de China y hacen impresiones a colores, aunque sean dos nada más, el verde y el amarillo. Me pregunto si nos va a dejar alguna que sirva.

Él se ríe quedamente.

Ella le ve la cara, su boca torciéndose en una sonrisa. Labios gruesos y dientes parejos. Ella recordará el roce de sus manos: suave y delicado como el resto de su cuerpo. Del aire le desciende la angustia del adiós definitivo. Se pregunta qué será lo que le dirá a él: "Siento que me dominas, que ya no soy yo. Cuando me vigilas en la facultad temiendo que alguien se entere y quisieras que no existiera

nadie, que nadie me conociera, que ninguno pudiera verme o salu-
darme. Cuando examinas mi apariencia y tus ojos me valoran. Cuando caminamos por la calle de otra ciudad y pones tu mano en mi hombro, fijando el camino, dejándome sin esperanzas de pedirte nada.
Una manipulación en veces muy sutil, como si me fueras dirigiendo
no sólo en la tesis, sino hacia . . . ¿Pero hacia dónde? A un lugar
donde la vida es gris y mantiene su rumbo, sin cambiar, donde ya no
se explora más. Me estás reclamando al decirme que me amas,
sabiendo que yo no lo quiero oír. Pero sólo aquí, dentro de esta oficina me puedes hablar del amor. Más allá está la ley, la necesidad del
silencio, el terreno de las apariencias. Más allá, no. Y como nadie
sabe que me has querido, nadie sabrá que te dejo. Sólo tú y yo cono-
ceremos esto: que en esta oficina has sido el orgulloso, el amante feliz
y satisfecho. Ésa fue mi debilidad: el que me haya dejado amar".

Él le ve la cara, los ojos, un mirar remoto que ligeramente lo
incluye, que sutilmente lo critica. Él busca en ellos la fecha de des-
pedida, ¿pronto, dentro de un mes, en un año? Él trata pero no puede
leer sus ojos, y tampoco es el momento de pedirle ni de ofrecerle
explicaciones. Ella sola lo tiene todo juzgado. Sus palabras suenan
cansadas, a palabras últimas como sus últimas miradas. Él ha trata-
do de penetrar esos ojos con sombras que parecen alitas de colibrí
desde el día en que obligó a los estudiantes a escribir las fechas de
los exámenes, tiempo que aprovechó para lanzar una rapidísima
mirada a sus senos. Justo en ese momento ella alzó los ojos para
verlo, mientras él apenas alcanzaba a desviar los suyos. Y ahí estaba
otra vez, el impulso eléctrico, su corazón agitándose alocadamente
porque ¿qué acaso ella no había sentido que sus ojos la acariciaban?
¿No fue por eso que elevó los suyos indagando? La forzó a volver al
cuaderno dictando a la clase los temas del proyecto final, mientras
que él continuó estudiando, entonces con más decisión, la elevación
en su pecho, la curvatura de sus senos, la manera en que éstos se
erguían abajo de la blusa. Enseguida, perdido en una fantasía en
donde su mano viajaba desde el cuello de esa blusa, con el pulgar y
el índice deshizo el nudo del primer botón. "No, no hagas eso", se
dijo como despertándose a sí mismo. "Debo ser más cuidadoso, no
continuar. Hay que reconocer lo peligroso que es esto", invadiéndo-

lo entonces una sensación de vacío y un vértigo nervioso. Pero lo que ahora recuerda más de ese día, que alguna vez consideró como eterno, son esas breves miradas con que lo descubrió. Quisiera que ella sintiera que todo comenzaba nuevamente; que este momento era como aquel día en el salón de clases; que no lo conoce; que quiere, todavía, conocerlo.

—Parece que se metió al archivo —él le dice.

—Sí, se está robando los secretos inalámbricos y el excitador de señales. Va a tener problemas al querer sacarlo. A lo mejor algún estudiante se ofrece a ayudarle . . .

Ella repentinamente se detiene. Él lo nota. Pronto (¿otra semana, unos días más? Tal vez mañana) ella también desaparecerá. Y porque él va a quedarse solo quiere pensar que ella también lo estará; que por eso ella no se va a ir, o que se irá sin dejarlo; que lo necesita para partir su soledad, para hacer su alegría.

Ella está acostada viéndole la cara, pensando: "No va a poder con el peso de ser libre. Porque sabe que lo voy a dejar. No me lo dice, no puede decirlo, mas él lo presiente. Ayer me pidió una fotografía. '¿Para qué quieres una foto cuando me tienes a mí?' Pero él sabe que no me tiene. Mañana le diré, después del examen de tesis, en el café de los chinos: el único lugar donde abiertamente nos podemos encontrar y donde llega temprano a esperarme. Ahí estará, sentado en la última mesa, ligeramente inclinado hacia adelante. Va a tener un libro abierto sobre la mesa y una taza de café. Un señor de apariencia distinguida, esperándome. Levantará la vista del libro y me verá. Nuestros ojos se encontrarán. Sonreiremos. Le daré un beso en la boca. Se lo diré en voz muy baja para que las palabras no le duelan".

Él está acostado dándole la cara a ella, fijándola otra vez en su mente como la primera vez que la vio fuera del salón de clases. Le había ofrecido dirigir su tesis con el propósito de poder verla más como una persona y no tan sólo como una estudiante sentada en la primera fila. Ella entró a su oficina y cerró la puerta. De reojo él la vio sentarse cruzando las piernas desnudas debajo de la falda, acomodarse en la silla, y pensó, "Esto ha sido un terrible error. Nada irreparable ha sucedido hasta el momento, pero de todas maneras es un error". Estaba preguntándole el tema de su tesis cuando ella se zafó de sus sandalias y dejó descansar los dedos del pie sobre uno de sus zapatos. Fue sin lugar a dudas una acción deliberada, un acto que lo hizo estremecerse, haciéndole sentir una especie de cosquilleo que le subía por la espina dorsal. Ella lo había tocado. Ella lo estaba mirando sin oír. Él la miraba sin comprender. Los dos bajaron la vista hacia el escritorio que los separaba. "Contrólate", se dijo a sí mismo, pero no lo logró sino hasta cuando ella retiró el pie. Fue casi como, no casi, fue exactamente como si la corriente eléctrica del excitador de señales hubiera sido interrumpida. Poco después pudo concentrarse en la discusión de los puntos que la tesis debería contener. Al terminar con la reunión él se levantó para abrir la puerta; lo hizo sin dificultad ya que para entonces la erección había desaparecido. Pasó a su lado. Sin embargo cuando llegó a la puerta ella estaba ahí, no sólo a su derecha sino dentro de su espacio. Era una violación, en realidad, una sorprendente violación de su espacio. Él pudo abrir la puerta, mas no lo hizo. Ella pudo hacer el intento de abrirla. Pero tampoco lo hizo. Él respiró profundamente, aspirando su perfume mezclado con el olor a tabaco. Bajó los ojos al verla, y esto lo llenó nuevamente de esa sensación de vacío y del mareo vertiginoso de posibilidades. Ella alzó los ojos a verlo, la cara redonda, los ojos tan tristes, los labios gruesos, la piel tan suave. Pero sobre todo los ojos. Y sin poder creerlo, él vio cómo su mano rebelde lo desobedecía y le rosaba la mejilla. Ella respondió poniendo los brazos alrededor de su cuello y el cuerpo entallándolo al suyo. Él le alzó el pelo, quitándolo del cuello y llevándolo delicadamente más allá de los hombros. Recorrió las manos sobre sus hombros, después deslizó la boca a lo largo de la mejilla hasta encontrar sus labios. El delicioso sabor de su saliva lo motivó a seguir. Le desabotonó la blusa, la dejó correr hacia la alfombra y el resto él lo recordará para siempre como único día de la vida.

　　La puerta principal se abre y es cerrada desde afuera.

　　—Se ha marchado —dice él.

　　—Sí, se llevó mis cristales, tus misterios, nuestras impresiones, la excitación que teníamos en el laboratorio. Todo se ha ido . . . El laboratorio se encuentra vacío. Sólo te dejaron lo que se encuentra en esta oficina.

Excepto que ella también le deja, como una limosna, la huella de su imagen junto con el recuerdo de haberla amado. Él se quedará con ese dolor, como la huella violácea que rodea la herida. Y sólo él sabrá que no era mentira que la necesitaba toda, porque se lleva todo lo demás: el tiempo, la alegría, la voz, el cuerpo, el alma, y la vida y la muerte, y lo que vive más allá de la muerte.

Ella ve el reloj en la pared. Es hora de que él regrese a su clase. Y él lo hará porque siempre ha sido una persona responsable. Igual que sus zapatos, colocados pulcramente uno junto al otro, con esmero, los calcetines bien metidos en ellos, esperándolo a un lado del escritorio a que todo termine.

Él la mira observando el reloj. Es tiempo de irse.

—¿Cuándo te vuelvo a ver? —él le pregunta como siempre lo hace, sintiendo en lo más hondo de su ser una voz que le dice que ese día la ha perdido, que tal vez le conteste "no, ya no más . . . "

—Mañana —ella le dice—, a las cinco, en el café.

Él la presiona contra su cuerpo y en su imaginación corre a todos los lugares donde pudiera encontrarla, y no está en ninguno. Todos están desiertos o tomados por gente que lo mira con ojos compasivos, con tristeza, en silencio.

—Entonces hasta mañana.

Salsipuedes

NETA QUE YO CASI SIEMPRE digo la verdad. Algunas son puras mentiras, como cuando dije que sabía nadar y ya me andaba ahogando en la laguna, o cuando pretendo recordar la cara de mis familiares que hace tiempo se murieron. Ni siquiera me acuerdo de mi madrina, aunque sí de cómo se la tragó la tierra, ni que me fallara tanto la memoria. La verdad es que sólo digo mentiras para complacer a los demás, para que se sientan contentos conmigo. Nunca lo hago con las ganas de moler o de hacer una maldad.

Mi padre se iba los primeros días del mes y regresaba por una noche cuatro semanas después. Antes trabajaba aquí en Salsipuedes, en el basurero pepenando botes de aluminio, botellas y madera. Los lunes se encontraba hasta carne y verduras porque ese día llegaban de los restaurantes. Se necesitan buenas narices para comer del basurero sin que uno se enferme y, como a la mayoría de los pepenadores, a mi papá ya no le servían para oler, así que a mí me dieron ese trabajo. Los lunes tenía que levantarme bien temprano para conseguir la despensa de la semana antes que llegaran los pepenadores porque lo revolvían todo buscando sus botes y me empuercaban la comida. (Aprendí a no recoger pescado porque no dura mucho. Frutas sí, cuando no tienen la cáscara dañada, galletas si están secas, y dulces si no me ganaron las hormigas. Claro, siempre hay que preguntarse "¿Por qué tiraron esto?"). Todo nos llegaba de allí, incluso mi cama de patas largas —antes había sido litera— y las puertas de cochera que papá usó para construir la casa. Ésta la hizo en la parte menos inclinada del cerro pero le dio al piso el mismo ángulo. Tanteaba que cuando lloviera, el agua pasaría por debajo de los muebles y saldría por detrás de la casa corriendo hacia la cuesta del cerro. El viento atravesaba las paredes y cuando se volvía aún más frío, mi mamá envolvía al bebito en bolsas de plástico de supermercado que mi jefe traía en rollitos olorosos a nuevo. Así olía mi hermano a cosas nuevas y no a muela podrida como todo lo demás en la casa. Después de las lluvias, la tierra formaba una especie de gelatina por donde salía un gas que le dicen del "matano", de un olor muy acedo. Dizque se debía a que abajo de nosotros había cosas que se estaban pudriendo, no lo sé. Lo que sí había eran esqueletos, calaveras de muertos que la lluvia sacaba de la basura cuando bajaba de repente. Pero eran güesos viejos, como los de vaca, y para nada peligrosos.

Al otro lado de la cuesta pastoreaban muchas cabras sueltas tragando basura, una de ellas era asesina y le daba por matar a los perros. Mi tía, creo que fue ella quien me contó, decía que esas cabras eran descendientes de unos misioneros gringos que cayeron por aquí. La gente se enojó con ellos y los llevaron a la iglesia protestante, clavaron las puertas y las ventanas, y entonces los misioneros se convirtieron en cabras.

—Oye Nina ¿de veras que las cabras son curas aleluyas? —le pregunté una vez a mi madrina.

—Pues claro que sí —me contestó—. La matona debió ser un obispo —y soltó la risa mientras se ajustaba los lentes.

Lo cierto es que a la casa llegaba uno de esos misioneros que tantito así le faltaba para tener cara de chivo. Venía por mi mamá para que le ayudara a repartir medicinas entre los vecinos. A mí me sacaba coraje porque nada más le regalaba juguetes al bebito. A éste le decía "Mi hijito, ¿cómo está mi hijito?" y le daba una sonaja o una pelotita. A mí me tocaban puras vitaminas.

Todo se acabó cuando cambiaron el basurero hacia cerros más despoblados de camino al mar. Según era eso para construir aquí en Salsipuedes maquiladoras japonesas. Esos señores se trajeron una manada de tractores que hicieron un tumbadero de casas. Apeñuscaron lodo y escombro sobre la basura y ahí le pararon. Lo único que hicieron fueron unos paredones que se llenaban de agua cuando llovía, formando con ello una especie de laguna. Mi madrina se fijó que en las laderas levantadas por los tractores había partes llenas de vidrio y aluminio. A pesar de sus reumas ella se las ingenió para tener dos minas, aunque no decía dónde estaban por miedo a que la robaran.

La mayoría de la gente se fue al nuevo basurero. Sólo algunos regresaban de vez en cuando a que mi mamá les consiguiera medicinas, y si estaban demasiado enfermos ella misma se las llevaba. Yo le decía a mi mamá que mejor se las vendiera, pero ella siempre las regalaba. Cuando mucho la gente le daba las gracias, un beso y muchos abrazos.

Una noche que llegó mi papá del trabajo me preguntó si habían vuelto los tractores. Había notado que algunas de las casas abandonadas estaban más destruidas que de costumbre.

—Las tumbó un remolino —le dije.

—¿Un remolino, eh?

—Sí, yo lo divisé a lo lejos como una nube de polvo gris. Es como si todo el viento se hubiera puesto de acuerdo en soplar en el mismo sitio para levantar esa polvareda. Después se vino acercando como un embudo de gasolina dando vueltas y revueltas en el mismo lugar, parecía un trompo de aire pintado de negro y gris. Primero se fue del otro lado de la calle a zarandear aquellas casas como si estuvieran hechas de palillos. Las casas nomás se retorcían y hacían gestos cuando pegaban contra el suelo. La gente no salía de las ruinas echando gritos porque hace mucho que se fueron, pero sí se escuchaba un rugido que me hacía vibrar todo el cuerpo. Después el embudo ganó para este lado de la calle.

Aquí me detuve. Mi papá se acercó y me puso el brazo sobre los hombros. Yo le daba vueltas con el dedo al agujero que tenía en la camiseta y sonreí con satisfacción.

—Le pregunté a tu mamá y, como siempre, ni siquiera se había dado cuenta. Síguele por donde ibas.

—Pues entonces el vendaval se abrió paso por entre las casas de enseguida y sin ningún esfuerzo las arrancó del suelo. Las paredes se zangoloteaban en el aire y las dejaba caer como si fueran marionetas con los hilos rotos. El manojo de viento negro quedó colgado por muchísimo tiempo aquí arribita de la casa. Como que le dio lástima bajar sobre nosotros.

—¿Y luego, qué? —me preguntó Papá.

—Eso es todo. Yo esperé a que de perdida se llevara el techo pero ya nada pasó, se le acabaron las ganas y se fue.

—Ya te he dicho muchas veces que no me andes con mentiras. Fueron los tractores los que hicieron ese desmadre. Quieren acabar ahora sí con todos, y tu mamá nada sabe por andar en el mitote. ¿No se va para otras partes cuando yo no estoy?

Yo sacudí la cabeza para decirle que no fueron los tractores.

—Pero si fue un huracán.

Mi papá dejó de abrazarme y se puso a cierta distancia.

—A veces ella se va hasta el otro basurero —le dije.

Y entonces me volvió a abrazar.

Mi madrina guardaba las cartas de amor que sacaba del basurero y decía que con ellas podía curar torceduras, piquetes de alacrán, úlceras, lo que se ofreciera, siempre y cuando no fuera en alguien a quien ella quería. Entonces su medicina no surtía efecto. Eso dijo cuando no pudo aliviarme de las ronchas que me salieron desde que me metí a nadar en la laguna.

Una vez, mientras ella le hacía la lucha por curarme, le dije:

—Nina, quiero ir a las minas, nada más para que se me olvide, aunque sea por un ratito, el dolor de las ronchas.

—¿Cómo sabes que hay minas? ¿Cómo sabes que no soy mentirosa como tú?

—Porque puedo ver vidrios y botes saliendo de esas bolsas. Si me lleva le puedo ayudar a cargarlas y así se trae más cosas.

—No, están muy lejos y oscuras. Además, aprende a tomar tan sólo lo que puedas usar. De otro modo las cosas nomás estorban, no importa en que tan buenas condiciones las encuentres.

—Si no sirven por lo menos se pueden guardar de recuerdo.

—Mira, todo lo que ahora tienes alguien lo tiró. Tan pronto como tú levantes una cosa, imagínate el momento en que también la vas a arrojar. Estas cartas que encontré me enseñan a no darles valor sentimental a los objetos, tienen poca duración. Más duran las memorias.

Después de oír todas sus extrañas ocurrencias y de mucho rogarle, al fin me llevó. Pero tuve que prometerle que a nadie, ni a mi mamá, le iba a decir dónde quedaban. Las entradas estaban al otro lado de la laguna y las tenía cubiertas con pedazos de madera. Había que meterse a gatas de tan bajitas. No eran profundas, pero sí olía muy feo. Se metió primero ella para quitar unos vidrios que estaban sueltos y que no me fueran a cortar. —No veo nada—, dijo desde adentro. Ahora creo que fue a causa de los lentes, tal vez se les empañó el cristal, se le cayeron o quién sabe qué. El caso es que en ese momento pensé que no veía por lo oscuro. Para ayudarla, prendí un cerillo de los que siempre cargo para encender la estufa, y de pronto se escuchó un estallido. Sentí que se me reventaban los oídos del trueno, me quedé sin aire para gritar o para respirar. La llamarada momentánea que salió del agujero me hizo brincar, pero alcancé a ver que ella desaparecía en esa como guarida, cubierta por escombros y botellas. Nada más los pies quedaron por afuera. Les agarró una tembladera hasta que se fueron aflojando y se pusieron quietecitos. Terminaron cruzados, el derecho donde debía estar el izquierdo, y un lodito negro se empezó a formar con la sangre que le corría por los tobillos. Me agaché y en cuclillas me estuve un buen rato esperando a que pidiera ayuda, pero no escuché que dijera nada. La traté de jalar. Ni se movió de lo bien atrancada que estaba. Mejor le eché más escombro para que las cabras no pudieran escarbar.

—Hace días que no se deja ver la comadre —dijo mi mamá—. De seguro ya ganó para el nuevo basurero.

No podía decirle que lo único que veo cada que vez que la nombran son sus tobillos tiesos con los zapatos, de medio uso, puestos. Tampoco se me puede olvidar que quedó enterrada acomodándose los lentes. Que yo sepa, ella no se ponía los anteojos para dormir.

En la noche, la cabra engatuza a los perros hacia la laguna. Ésta se va cojeando por en medio de la calle como si estuviera herida, y algún perro tonto la sigue, ensalivándose el hocico nomás de pensar que va a comer carne fresca. Cuando la cabra llega a la orilla se esfuma por el pantano que rodea la laguna, y el perro la sigue. Entonces se oyen los chillidos del perro cuando lo están ensartando; aullidos de agonía que el eco alarga y acerca. Si por el camino se ve un bulto semejando a la cabra, lo mejor es correrle tan rápido como la lumbre porque ella es la dueña de todo el basurero. A veces yo deseaba que lloviera bien fuerte para que las aguas se llevaran a la cabra, pero el arroyo dejó de pasar desde que se hizo la laguna.

Una noche el arroyo apareció de nuevo. Era muy de madrugada, a esa hora en que el sueño agarra con más fuerzas. Sin que nos diéramos cuenta de qué modo, la pared de barro en la laguna se rompió y el agua, en lugar de bajar por la cuesta, vino a dar primero con nosotros, pujando y abriendo camino. El arroyo se hinchó en un río furioso que subió por los bordos y entró gritando en la casa, lleno de coraje como perro del mal. El agua no alcanzó a llegarme de tan alta que estaba mi cama, así que al despertar pensé que era el ciclón que había vuelto para derrumbar el techo. Al bebito sí le tocó porque pegó de alaridos. Mi mamá lo abrazó y me dijo que no me bajara. Ella no sabía qué hacer, corrió por todos lados con el niño grite y grite, y como pudo abrió la puerta de atrás. Mi cama estaba clavada a la pared y aun así se sacudió por unos momentos con el paso del torrente de las aguas negras. Tal vez la inclinación del piso la hizo tomar más carrera. El agua siguió entrando por las ventanas en borbotones constantes, parecía que venían del corazón de un gigante. Ese sonido se fue repitiendo, cada vez más quedo, hasta que el arrullo de la corriente me metió otra vez el sueño. Al día siguiente el río se fue transformando en pequeños arroyos, arrastrando la basura suelta y algunas lagartijas que se retorcían atoradas en el lodo, hasta que desapareció por completo.

—Esta vez no quiero sacarte la verdad a fuerzas —me dijo mi papá—. A ver, dime, ¿tu mamá se fue con otra persona?

Lo vi detenidamente a los ojos para encontrar la respuesta que él andaba buscando.

—Sí, se fue con el bebito y a los dos se los llevó el río.

—¿Cuál río? Ni siquiera ha llovido. No, con otros hombres que hayas visto que la abrazaban, que entraban en la casa.

Y entendí lo que preguntaba.

—Ah, claro, muchas veces, siempre la estaban abrazando.

Mi papá estaba deteniendo la puerta y dejaba entrar un aire muy frío. El viento venía por donde se fue el río, el mismo rumbo por donde también ganó el remolino. Sobre lo negro de la noche se alzaba una luna delgadita, y la poca luz que daba, al cruzar las ruinas de enseguida, echaba monstruos a los pies de mi papá.

—Se fue como se han ido los demás y hàsta se llevó todas las cosas. Ven, vamos a indagar aunque sea por tu hermano.

—Mejor mañana porque la luna está alumbrando muy poquito y la cabra asesina ya acabó con todos los perros, ahora le quiere seguir con . . .

—¡Que vengas! ¡¿Qué no me oyes?!

—Es que ese bebito no es mi hermano —le dije.

Entonces él soltó la puerta y se acercó hasta donde yo me encontraba. Se agachó y su cabeza quedó a un lado de la mía.

—¿Qué quieres decir con eso?

Me espanté cuando se me acercó y me gritó aquéllo casi al oído. Traté de verle a los ojos. Me le quedé mirando, buscando en ellos lo que le debía decir.

—No es mi hermano porque pertenece al misionero.

Parecía enfurecido. Pensé que me iba a dar de cintarazos, pero nada más se dio vuelta y salió de la casa. Ya no le dije nada. Lo iba a hacer pero me detuve. La noche siguió llegando y no había nada que yo pudiera hacer.

No estaba haciendo nada malo cuando ese policía me apresó como si hubiera cometido alguna fechoría. Lo que yo quería era una gallina que me hiciera compañía. La fui correteando hasta bajar al poblado nada más por divertirme —bueno, a lo mejor también tenía algo de hambre—, y por eso me metieron a esta cárcel que ellos le dicen orfanatorio. La directora me pidió que escribiera la historia de mi familia, y esto fue lo que puse en el papel:

> Éramos Papá, Mamá, un bebito y una madrina. Vivíamos muy contentos en el basurero porque éramos ricos en desperdicios. Había de todo y suficiente para todos. Las cosas se descompusieron cuando los envidiosos japoneses nos quitaron la basura y nos mandaron grandes tractores y un ciclón. Luego a mi madrina se la tragó el volcán de cristal que ella misma hizo. Nunca nos pegó un temblor pero a mi mamá y al bebito se los llevó un diluvio, y no sé dónde están. Lo que sí sé es que Papá se encuentra en la mina de aluminio desde que lo acuchilló la condenada cabra asesina, la cual antes era obispo. A mí me apresaron por perseguir a una gallina que le salieron plumas azules, verdes y amarillas. Es todo.

—Te pedí una historia de tu familia, no una película —me dijo la directora —. Esto lo inventaste, ¿no es cierto?

La vi por un momento a los ojos y le dije:

—Sí. Pensé que eso era lo que usted quería.

Me llevó de la mano hasta el cuarto de castigo. Respiró profundo, sonrió, y dándome de golpecitos en la cabeza me dijo:

—Es nuestra obligación corregirte. Para la siguiente ocasión, cuando te diga que quiero la verdad, tienes que escribir la verdad, no más mentiras como éstas. ¿Está claro?

Ya aprendí a decir siempre la verdad pero algunas veces puedo escuchar ecos y ruidos que sucedieron hace mucho tiempo; oigo que me llaman, me piden que les traiga galletas secas y dulces sin hormigas. Han de ser puras mentiras de la cabeza porque aquel lugar terminó muy solo, ni siquiera las cabras han de quedar vivas. Lo que hay son esqueletos que algún día la lluvia va a sacar de la basura cuando baje de repente. Quisiera verlos entonces, porque esos muertos siguen existiendo, y la verdad es que también me están abandonando las memorias de sus voces y sus caras.

Información sobre
el concurso de escritura Chicana/Latina

El premio del concurso de escritura Chicana/Latina fue otorgado por primera vez por la facultad de español y portugués de la Universidad de California, Irvine, durante el año académico de 1974 a 1975. Durante los últimos veintisiete años, esta competencia anual ha demostrado claramente la riqueza y dinámica en la escritura creativa hispana de los Estados Unidos. Entre los premiados se encuentran Lucha Corpi, Graciela Limón, Cherríe Moraga, Carlos Morton, Gary Soto y Helena María Viramontes. Cada año el premio se enfoca en un género literario: la novela, el cuento, el drama y la poesía; se premia el primer, segundo y tercer lugar. Para más información sobre el premio por favor escríbanos a:

Contest Coordinator
Chicano/Latino Literary Contest
Department of Spanish and Portuguese
University of California, Irvine
Irvine, California 92697